« PAVILLONS »

Collection dirigée par Claire Do Sêrro

HILA BLUM

COMMENT AIMER SA FILLE

roman

Traduit de l'hébreu
par Valérie Zenatti

Robert Laffont

Publié avec le soutien de l'Institut israélien pour la littérature hébraïque, Israël et l'ambassade d'Israël à Paris.

Titre original : איך לאהוב את בתך

ISBN 978-2-221-25971-9
(édition originale : ISBN 978-965-574-170-4, Kinneret, Zmora, Dvir — Publishing House Ltd., 2021)
Dépôt légal : août 2023
Éditions Robert Laffont – 92, avenue de France, 75013 Paris

À mes parents, mes bien-aimés

1.

La première fois que j'ai vu mes petites-filles, j'étais de l'autre côté de la rue, je n'ai pas osé m'approcher. Les immeubles des faubourgs de Groningue ont de grandes baies vitrées, j'avais honte de la facilité avec laquelle j'obtenais ce que je désirais, j'étais effrayée par ce butin offert à mon regard, même si j'étais moi-même à découvert : il leur suffisait de tourner légèrement le visage pour m'apercevoir.

Accaparées par elles-mêmes et par leurs menues préoccupations, elles ne se souciaient pas de ce qui se passait à l'extérieur. Des fillettes aux cheveux clairs et fins glissant entre les doigts comme de la farine. Elles étaient seules au salon, un peu trop accessibles. Je n'aurais su que répondre si l'on m'avait demandé ce que je faisais là. Je partis.

J'attendis que l'obscurité tombe et que les lumières s'allument dans les différentes pièces. J'étais un peu plus près cette fois de l'immeuble. J'hésitais encore un peu mais je finis par traverser la route. Je faillis toquer à la fenêtre. J'étais sidérée par la simplicité avec laquelle évoluaient à présent tous les membres de la famille. Je ne me souvenais pas de ma fille ainsi. J'étais sonnée par la puissance de sa présence physique. Je murmurai son nom, uniquement pour comprendre, « Léa, Léa ». Je ne suis pas restée longtemps, quelques minutes. Lotte et Sanne, les filles de Léa, s'étaient mises à table mais ne tenaient pas en place, transportant un peu partout la lumière jaune du foyer. Johan, le mari de Léa, préparait le dîner dans la cuisine, dos tourné. Léa allait d'une pièce à l'autre. Découpée par les croisillons, sa silhouette disparaissait avant de surgir dans une autre pièce, irréelle, comme si elle traversait les murs. Il n'y avait pas de feu dans la cheminée du salon qui diffusait cependant un sentiment chaleureux. Un sentiment domestique, à vrai dire. Il y avait des livres partout, y compris dans la cuisine. C'était d'évidence une maison au bon cœur, tout était destiné à rappeler la simplicité des matériaux bruts, le boisement des arbres dans la forêt, la ouate des nuages dans le ciel. Et précisément parce que j'épiais ma fille et sa famille à leur insu, un péril me menaçait, moi. Leur vie mise à nu étincelait devant mes yeux, dans sa radiation dangereuse.

Une inconnue, une femme de Dublin dont j'avais lu l'histoire dans un livre plusieurs années auparavant, avait onze frères et sœurs. Une fois adulte, elle se maria et eut deux filles qui *n'ont jamais marché toutes seules dans la rue. Elles n'ont jamais partagé un lit.* La femme n'en racontait guère plus sur ses filles et j'avais compris qu'elle voulait dire qu'elle les aimait, et qu'en même temps elle ne savait pas comment les aimer. Que c'était ça, le problème de l'amour. Qu'elle avait essayé.

Elle, son mari et ses filles étaient partis en vacances en voiture. Il y avait eu une dispute stupide et la femme avait regardé dans le rétroviseur sa fille aînée assise à l'arrière, songeuse. Elle avait noté que la bouche de sa fille sombrait en quelque sorte dans son visage et avait vu, *avec une prescience atroce, le truc précis qui gâterait son visage.* C'étaient ses propres termes. *Le truc précis qui gâterait son visage,* racontait-elle, *plus ou moins rapidement,* peut-être même *avant qu'elle ne soit adulte.* Et la femme avait pensé : *Il faut que je protège son bonheur.*

Lorsque j'avais lu son histoire, j'avais moi-même déjà une petite fille. Léa. Un an et demi, une bambine vive, bavarde et bruyante. Je la surnommais Mégaphone, y compris en présence de son père. Meïr et moi nous extasions devant notre Mégaphone. Je l'affublais de dizaines d'autres surnoms. Je me languissais d'elle durant chaque heure passée à travailler au studio graphique de l'université, et lorsque nous nous retrouvions, je la serrais fort dans mes bras. J'aimais ma fille, mon bébé, avec facilité. Son père aussi en était fou, et nous parlions d'elle chaque soir une fois qu'elle était endormie, nous nous remerciions mutuellement de son existence. Je lui donnais tout ce qui m'avait manqué, et plus encore, et la petite m'aimait aussi.

Chaque chose liée à elle – la bave nichée dans son menton, son cou et l'encolure de sa chemise, les couches lourdes d'urine, les sécrétions lors de ses conjonctivites, le contenu de son nez –, chaque chose chez Léa était bonne à mes yeux. Il me suffisait parfois de la regarder ou de la renifler pour saliver. Je désirais soudain la croquer. « Je vais te manger, lui disais-je, je vais te dévorer. » Et Léa riait. Je la chatouillais pour l'entendre encore rire aux éclats, et quand les gens alentour nous jetaient des regards désapprobateurs, je n'éprouvais nulle gêne, au contraire.

Lorsqu'elle eut quatre ans, j'eus envie d'une autre petite fille. Je dis à Meïr : « Imagine, deux Léa. » Il faut croire que par ces mots, je lui disais : « Refuse. » Et il refusa. Je lui en voulus pendant plusieurs mois avant que le sujet ne soit oublié. Meïr dépassa la cinquantaine, nous déménageâmes dans un appartement spacieux. Nous nous acclimations parfaitement à nos lieux de travail, nous dormions bien la nuit, nous avions une Léa de quatre, cinq, six ans, nous ne manquions de rien, et Léa grandissait.

Yohaï, le jeune frère de Meïr, qui, comme lui, est devenu père sur le tard, me parle de sa fille. Il a divorcé de sa femme quand la petite avait sept ans. Elle en a maintenant huit, et lorsqu'il la met au lit, la borde et embrasse son front, elle lui manque déjà. Elle est là et se dérobe aussitôt ; lui-même dérive entre ce qu'elle a été et ce qu'elle deviendra, il est en permanence inquiet. Nous discutons dans un petit café du centre-ville – jusqu'à la mort de Meïr, nous n'avons jamais vraiment parlé, Yohaï était toujours réservé en ma présence – et quand je rentre chez moi dans la soirée, je suis agitée. Je prends un livre et découvre l'histoire d'une femme, pas celle qui vit en Irlande et dont les filles ne marchent pas seules dans la rue, une autre, française, dont la fille a passé deux ans en prison à l'adolescence. Dans son récit transmis à travers les barreaux, la fille témoigne que ses parents l'aimaient, sans doute *trop*, et il est manifeste que ses doutes concernent la question de la *tendresse* qu'ils lui portaient ou pas. Je repose le livre quelques longues minutes, il est près de moi, à l'envers, et je pense que je n'irai pas plus loin dans la lecture. Racontant sa relation avec sa mère, la fille écrit : *En grandissant, je suis devenue pour elle l'autre côté du mur.*

Je pense à la Léa de quatorze ans, quinze ans, les années à haut risque. Je l'ai scrutée des centaines de fois, des milliers, en pensant : « Elle me coupe le souffle. » Parfois je le lui disais : « Tu es belle à la folie. » Elle levait les yeux au ciel, son visage se durcissait, et je savais que je la décevais par mon regard aimant, aveugle à ses défauts. Pourtant je récidivais. Je n'acceptais pas le mur entre nous.

Je veux écrire sur Léa d'une traite, tout. Mais il faut passer par le chas de l'aiguille de la langue.

Je voudrais écrire sur Léa sans user de mots, et c'est impossible.

On voit beaucoup cela dans les films. Une famille dans une voiture, le père au volant, la femme sublime, tellement décontractée, deux enfants vifs à l'arrière, tous bavardent. C'est la vie d'avant, quelque chose de mauvais est sur le point d'advenir. Les fous du volant. Un sombre secret surgi du passé. La bouche tombante de votre fille.

Cependant, j'ai vu un jour un film norvégien qui se contentait d'une tragédie tout en finesse. Je l'ai vu trois fois, je tenais à bien comprendre. La famille était dans une station de ski – le père, la mère, un garçon et une fille. Tous quatre étaient beaux mais pas trop, d'une beauté acceptable, et il était clair que leur vie charnelle n'était pas totalement dénuée d'inquiétudes. Ce qui était arrivé à cette famille, l'événement qui avait heurté l'enveloppe de leur vie en y inscrivant un maillage de fissures, avait été une avalanche de neige de quelques secondes. La famille était assise dans un restaurant sur le flanc de la montagne, l'avalanche avait fondu sur eux et avait stoppé sa course non loin, et tous – après avoir bondi de leur chaise pour trouver un abri – étaient retournés à leur place et avaient continué de manger. Mais le coup avait été fatal, le mal était fait, car durant l'avalanche, le père s'était dépêché de s'arracher à sa chaise pour fuir, tandis que la mère avait aussitôt bondi pour protéger les enfants en les abritant de son corps. Et de cela, du fait que son mari s'était enfui en les laissant derrière lui, la jeune femme ne parvenait pas à se remettre. Dès lors, au fur et à mesure qu'avançait le film, la profondeur de la faille se révélait, avec une retenue toute scandinave.

J'aimerais voir encore de temps à autre des films qui approfondissent la vie ainsi, presque intrinsèquement, et pas des films sur des coups du sort tonitruants. J'aimerais entendre parler de l'espèce dont fait partie notre famille, Meïr, Léa et moi, d'erreurs qu'il est facile de commettre et que nul ne pardonne pour autant, les accidents banals – j'entends par là les crimes de la volonté.

2.

Durant la première année de Léa, ma mère venait nous voir fréquemment, les mains toujours pleines de boîtes de nourriture qu'elle avait préparée, ou de cadeaux pour Léa aux prix exorbitants (elle n'ôtait pas les étiquettes). Elle s'asseyait sur le canapé, Léa sur les genoux, s'adressait à elle en claquant la langue, la balançait, ou bien elle s'asseyait près d'elle sur le tapis en agitant ses mains, et lorsqu'elles avaient fini de jouer, elle la nourrissait à la petite cuiller, en essuyant aussitôt son menton. Une cuiller, un coup de serviette, inlassablement. Je guettais l'instant où ma mère craquerait, le cœur débordant d'amour. Comment était-il possible de résister à Léa ? Elle allait la faire fondre.

Ma mère m'aidait en tout ce qui concernait la petite, et Meïr également. Il la préparait le matin et l'emmenait parfois en voiture chez la nourrice où je la récupérais l'après-midi, et nous passions du temps ensemble à la maison, toutes les deux ou avec ma mère, jusqu'au retour de l'université de Meïr. Il se jetait alors sur la petite, la bombardait de câlins, d'exclamations joyeuses, de questions, exigeait des baisers, des baisers encore, trépignait si elle l'ignorait, et Léa-couverte-de-baisers riait sans fin. Mais dès son arrivée, ou à tout casser une ou deux minutes après, ma mère décampait, la porte se refermait derrière elle et je demeurais seule à les regarder, père et fille claironnant joyeusement sur les fauteuils. Ma mère ne voulait pas voir ça et ne savait pas s'en émerveiller. Moi, je ne savais pas claironner ainsi avec Léa, grogner, rugir en son creux, pousser de tels cris, mais j'étais fascinée, même si Meïr dépassait parfois les bornes – il arrivait que les cris de plaisir de Léa ressemblent à des débuts de pleurs.

J'ai pris Léa en photo sans relâche. La découverte de l'Amérique, le premier pas de l'homme sur la lune, nos aînés : il est clair que le monde retient son souffle. Mais il faut plusieurs années pour réussir à regarder ces albums d'enfance, et distinguer la façon dont notre amour pour nos enfants floute la réalité et la corrige à nos yeux. Dans ses premiers jours, elle était effrayante de lividité, presque transparente – un sachet rempli de lait. Elle était étrange. Mais les battements de mon cœur s'arrêtent encore devant l'intensité de son expression sur ces photos déjà, la conscience de sa propre valeur, là, dès le début. De toute façon, ce n'est que tardivement que j'ai compris cela, j'ai compris que j'avais appris à aimer les enfants des autres, et que mon amour pour Léa était l'inverse d'un apprentissage – l'oubli de tout.

Hors champ, je presse un jus d'orange pour Léa, qu'elle boit sur la photo à petites gorgées précautionneuses dans son verre en plastique rose. L'acidité lui va bien, c'est assez drôle. Les vitamines s'écoulent en elle, sont absorbées, agissent, elle guérit devant mes yeux sans jamais avoir été malade. Même la nuit, quand elle dort, je perçois sa croissance, elle gonfle comme une bonne pâte dans la chaleur d'un four (allongée dans son lit, elle semble incroyablement grande). Quand il arrive qu'elle soit bel et bien malade – un refroidissement, un virus ou une infection –, une humeur différente court sous sa peau. Elle ne s'affaiblit jamais, ne tombe pas dans la torpeur, au contraire, la fièvre la rend plus volcanique et volubile. Je pense qu'il s'agit d'un état maniaque. Ses yeux brillent, son visage rougit, sa voix devient rauque. Elle me fait peur. Dans ces moments, il est clair que je ne peux rien pour elle, qu'elle est entraînée par les bras de son destin. Mais au bout d'un jour, deux au maximum, tout s'apaise, toujours. Ma mère téléphone de nouveau pour prendre de ses nouvelles, très inquiète – quarante ans d'expérience comme infirmière hospitalière lui ont beaucoup appris sur les coups du sort, une fièvre élevée chez un bébé l'affole, ou tout signe démesuré, je l'ai déjà raconté. « Léa va très bien, lui assuré-je. La fièvre a baissé et elle dort. »

Le lendemain matin, Léa babille de nouveau sur sa chaise haute. Nous avons acheté notre premier appareil photo digital, je peux la photographier désormais sans compter, encore, encore. Dans une certaine lumière, les yeux de ma fille semblent vides tant ils sont bleus. J'ai les yeux marron, et son père aussi. Le bleu des yeux de ma fille est un passager clandestin dans nos corps, un croisement génétique éloigné de nous par deux générations. Ma grand-mère maternelle avait les yeux bleus, et le grand-père paternel de Meïr également. Dans cette lumière, les cheveux de Léa ont l'air plus clairs aussi, presque jaunes. J'efface immédiatement ces photos démoniaques et je choisis la plus belle parmi celles qui restent pour la montrer plus tard à ma mère. Au bout d'une heure, tandis que nous sommes en route vers le jardin, Léa, forte de sa bonne santé, veut de nouveau appuyer sur chaque chose. L'interrupteur dans la cage d'escalier. Le bouton d'ascenseur. La télécommande de la voiture. Et même l'après-midi, sur le chemin du retour, elle veut appuyer sur le clavier du distributeur, retirer les billets, glisser la pièce dans la fente du chariot de courses, signer le ticket de carte bancaire. À trois ans et demi, elle sait écrire son prénom, elle a même une signature toute bouclée, un ruban de bolduc. À la maison elle écrit sur du papier, sans relâche, Léa, Léa, Léa, Léa. Elle ne réclame pas d'apprendre à écrire d'autres mots.

Je dis que le problème de l'amour ne s'est pas posé de nouveau. Durant les mois de grossesse je m'étais torturée avec l'énigme de l'amour, mais j'ai tout réglé dès que ma fille est venue au monde. Pendant les longues heures de l'après-midi où nous étions toutes deux seules à la maison, j'appelais ma mère pour lui raconter à quel point Léa était merveilleuse. J'insistais, je ne la laissais pas changer de sujet, je refusais d'écouter ses histoires avant qu'elle n'ait écouté les miennes, et je trouvais des moyens de le faire à son insu. Je disais à la vendeuse de l'épicerie au bout de la rue (d'une voix trop forte, je ne parvenais pas alors à la moduler comme je le voulais) : « Mais qu'est-ce que je pouvais bien faire dans la vie avant la naissance de ma fille ? » Je voulais dire que je ne me souvenais de rien, tout avait été effacé, j'étais née une seconde fois avec la petite. Je ne pouvais pas dire ce genre de chose à ma mère, je nous aurais plongées toutes deux dans l'embarras, elle aurait entendu dans mes propos tout ce qu'elle craignait d'entendre, mais c'était un sentiment amoureux, j'étais tombée amoureuse, je voulais crier aux oreilles de tous mon amour pour Léa, et en même temps je n'en avais rien à faire de personne. J'étais heureuse, je me délectais de ma propre façon d'inventer la maternité. Les câlins sans fin, les baisers doux, les mots tendres et les papouilles. Je lui donnais le sein dès qu'elle le réclamait, de jour comme de nuit. Elle s'endormait et se réveillait selon ses besoins. Je ne voulais d'aucun manuel. Je reniflais ses chaussettes et ses pantalons avant de les fourrer dans la machine à laver, j'humais ses cheveux gras, son haleine matinale, ses douces puanteurs. Elle rampait pieds nus dans le bac à sable, se précipitait sur la fourrure des chiens du quartier. Je me fichais des contraintes, des règles, et je tenais à brandir devant ma mère cet amour pour ma fille que j'avais inventé toute seule, si différent de l'amour que ma mère avait pour moi.

Je me mettais très rarement en colère contre Léa. Je dis qu'il n'y avait pas de colère, pas dans les premières années, ni par la suite. Il arrivait qu'elle me fatiguât, mon visage se crispait alors et j'élevais la voix, mais il n'y avait pas de colère en moi. Je prenais du plaisir. En fait, je dis que j'ai pris du plaisir à cela aussi, l'éduquer un peu, lui faire la morale, être la maman. Mais je tenais à une chose : lorsque Léa-la-furieuse agitait ses petits bras pour me frapper les jambes ou la poitrine, ou les balançait rageusement sur ma taille, j'attrapais de force ses poignets et disais : « Non ! On ne frappe jamais maman ! Même pas pour rire ! » Elle éclatait alors en sanglots. Elle n'osa plus me frapper après quelques tentatives de ce genre. Ce qui n'empêchait pas que je sois souvent vexée par elle. Quand elle disait doucement, jamais innocemment mais au contraire avec une intention très claire : « Va-t'en, laisse-moi », je ne pouvais plus la regarder, je lui faisais la tête longtemps, jusqu'à ce qu'elle en soit malheureuse.

3.

Je lis dans un livre l'histoire d'une mère qui ne peut plus supporter les pleurs de son enfant, et soudain je vois des mères comme elle partout, dans les aires de jeux, les supermarchés, les rues, les salles d'attente. Je les perçois dans leurs souffles courts, leurs voix comptant jusqu'à dix. La folie est dans les starting-blocks. En fin de compte, ce n'est pas à cause des mains collantes, des plis humides et sales, du cercle infernal des repas et des couches ou de cette façon de commencer à se rouler par terre devant des inconnus dans la rue qu'elles craquent, non. C'est à cause des pleurs.

Léa pleurait parfois, mais pas plus que n'importe quel bébé. Et elle était toujours sage. Une fillette dénuée de fureur, sauf qu'elle parlait fort, elle avait une grosse voix, et il m'arrivait souvent de lui faire baisser le ton dans la rue ou chez des amis, gênée. « Plus doucement, Léa. » Et ça non plus ce n'était pas un problème. La gêne est un mécanisme simple, et Léa comprenait, car les petites filles comprennent ce genre de chose facilement.

4.

Je n'ai pas dormi à Groningue. Lorsque j'ai planifié mon voyage, j'ai pensé que ce ne serait pas indiqué d'y passer toute une nuit sans que ma fille le sache. Je pensais que ça noircirait mon intention. Je voulais seulement m'assurer de son existence, et j'avais décidé de retourner à Amsterdam sitôt que je l'aurais aperçue, puis d'attendre mon vol de retour pour Israël. Je redoutais peut-être de loger dans l'obscurité à Groningue, ou bien je n'avais pas trouvé d'autre moyen de me persuader de la pureté de mes intentions.

À la gare de Groningue, je suis montée dans le train de 21 h 18 pour Amersfoort, où je devais prendre la correspondance pour Amsterdam.

Autrefois, je conduisais sans appréhension sur les routes d'Europe. Durant nos voyages en France, en Autriche, en Allemagne, en Scandinavie, Meïr et moi prenions tour à tour le volant. Nous aimions tous deux les brusques virages derrière lesquels apparaissaient une chaîne de montagnes, un lac scintillant dans une vallée, les stations-service où des jeunes gens aux visages couverts d'acné actionnaient la machine à café ou le chauffe-saucisses, et tant de vies qui se poursuivaient après notre passage et dans lesquelles nous ne laissions aucun souvenir. Mais je ne me faisais plus confiance. Je pouvais en un clin d'œil me laisser entraîner par mes pensées et me tromper de sortie d'autoroute, ou verser sur le bas-côté. J'avais décidé que mieux valait prendre le train. J'espérais aussi dormir pendant le trajet, mais chaque fois que je fermais les yeux, je me retrouvais devant la grande baie vitrée de Groningue. J'ignorais où conduirait le drame que j'avais initié, je ne comprenais peut-être pas ce que j'avais fait.

Je pensais à Meïr, et à ce qu'il aurait dit s'il avait su. J'avais toujours redouté son ton supérieur, et ne m'étais pas libérée de cette appréhension six ans après sa mort. Ce fantôme savait encore me regarder. Mais je me suis soudain souvenue de quelque chose d'étrange que j'avais oublié pendant des années, et que je n'aurais su raconter, même si on m'avait demandé d'évoquer les belles choses. Et voilà que cela me revenait. Nous avions voyagé ensemble à Paris, notre premier voyage de couple tout neuf. C'était l'hiver, et chaque fois que nous étions descendus dans le métro, tandis que nous attendions sur le quai, il me disait : « Marche un peu, continue de marcher, j'aime te regarder. »

Je me suis souvenue comme j'avais ri la première fois. Combien j'avais été fascinée.

« Quoi ?

— Je te regarde et je pense : Qui est cette jeune fille ? Elle est affolante. À qui appartient-elle ? Me répondra-t-elle si je lui adresse la parole ? »

J'avais beaucoup ri. Quelles bêtises.

« Marche, m'avait-il ordonné. Marche. Je te regarde. S'il te plaît. »

Ce n'était qu'un jeu, et j'allais jusqu'au bout du quai avant de revenir, une fois ou deux selon le temps d'attente.

Là, en route pour Amersfoort, je m'en étais souvenue, et ça me semblait si étrange. Comme s'il n'y avait strictement aucun rapport entre ce moment et notre vie commune.

À Amersfoort, j'ai pris la correspondance pour Amsterdam. J'ai changé trois fois de compartiment avant de m'installer devant une jeune mère et ses deux garçons qui se sont tus en me dévisageant et qui, après quelques minutes prudentes liées à ma présence, se sont replongés dans leur monde. Ils se partageaient des quartiers d'orange tirés d'un sachet, parlaient entre eux en chuchotant, presque sans se quitter des yeux.

J'ai souri aux enfants. La mère m'a souri. Elle me voyait comme une femme sympathique dans le compartiment d'un train de nuit.

« Quel âge ont-ils ? » ai-je fini par demander, avant d'ajouter, sitôt après qu'elle eut répondu : « Ils sont mignons. »

Nous avons échangé encore quelques phrases. J'ai fait part de mon étonnement devant le grand nombre de voyageurs malgré l'heure tardive, puis évoqué la lumière trop violente du compartiment, qui empêchait toute possibilité de dormir. Ensuite je les ai laissés tranquilles, et ils ont fait de même avec moi.

5.

Deux semaines avant mon trente et unième anniversaire, au terme de mon congé maternité qui s'était beaucoup prolongé, j'étais retournée au studio. Les premiers jours, je guettais l'hésitation dans les regards de mes collègues. Les mois de grossesse avaient déposé dans ma tête un bloc d'embarras brumeux, et j'avais du mal à déterminer ce qui en transparaissait encore, et à quel point mon âme en lutte inondait mon visage. Tout allait bien, apparemment. Les graphistes, le directeur, bref, tout le monde se souvenait de qui j'avais été pendant des années, et avait mis la détresse de ma grossesse sur le compte d'une autre force. Biologique. Hormonale. Quelque chose de temporaire. Je fus accueillie joyeusement à mon retour. Tous voulaient voir des photos de Léa et entendre parler d'elle, et je compris qu'il fallait évoquer les difficultés. Les points de suture, la fatigue, la saga nocturne des cris et des tétées. J'avais aisément compris ce que je devais raconter, et comment diluer le bonheur dans mes histoires.

« C'est bon de revenir, avais-je dit. De s'habiller, se maquiller, d'être un peu entre adultes. »

À cette époque, Léa-de-huit-mois était déjà chaque jour chez une assistante maternelle aux bras cellulileux et accaparants qui ne cessait de la soulever en ma présence, de l'embrasser et la renifler, puis de me la tendre comme de mauvaise grâce, comme pour me signifier qu'elle se séparait de ma fille malgré elle. Je n'allais pas très bien. C'était le temps étrange des premières séparations. Je ne savais pas m'y préparer, me languir tranquillement de ma fille, je ne parvenais pas à la confier à l'assistante maternelle en début de journée avec la certitude que je la récupérerais plus tard. Je sortais de la crèche à domicile comme si je l'y avais oubliée, comme si seule la chance pourrait réparer la faute que je commettais inlassablement, chaque matin, pendant de nombreux jours.

« Il faut absolument qu'on te sorte un de ces soirs », disaient mes collègues du studio. Toutes sauf une étaient déjà mères, et sortaient environ une fois par mois au resto, renchérissant sur la valeur d'une soirée de liberté.

« Bien sûr, disais-je, ce sera bien de sortir un peu, de s'aérer. »

Je ne m'inquiétais pas. Je savais que je n'aurais aucun mal à me dérober le moment venu.

Quelques jours après mon retour au travail, ma mère m'invita à dîner au restaurant. Meïr et Léa restèrent seuls pour la première fois. « Sors, m'avait dit Meïr, sors et profite. » Lorsque j'arrivai au lieu indiqué, ma mère m'attendait déjà. Pleine d'allant, souriante, la naissance de Léa lui allait bien à elle aussi. Je lui adressai un baiser par-dessus la table et m'assis. Elle avait pris de l'avance sur mon anniversaire tout proche et m'offrit un magnifique manteau dont elle savait que j'avais envie, une écharpe en soie et un livre. Je ne voulais plus continuer de voir dans les livres qu'elle m'offrait de longues lettres que son inconscient m'adressait, et dans les jours qui avaient suivi, je m'étais plongée dans le nouveau livre de bon cœur, en notant même des passages, pour plus tard. *Grâce aux photographies, chaque famille brosse son propre portrait et tient sa propre chronique : portefeuille d'images qui témoignent de sa cohésion.* Depuis, chaque fois que je prenais Léa en photo, le brandissement de l'appareil devant ma fille devenait le choix sournois d'une version de la réalité parmi une multitude d'autres versions. Il me fallut des années pour parvenir à me débarrasser de cette sensation.

6.

J'aligne sur le canapé le sac à langer de Léa, le sac contenant son repas, le mien. Je l'allonge avec précaution sur le tapis, la déshabille et lui change sa couche. La vêtir de la même manière que moi est une autre façon encore de l'aimer. Un jean minuscule. Un sweater. J'ai toujours eu des réticences pour les couleurs primaires, dont je tiens Léa également à l'écart. Je lui enfile ses bottes marron et son manteau bleu ciel. Nous nous apprêtons à sortir de la maison, entrer dans la voiture et filer au grand centre commercial à l'autre bout de la ville. Ora, notre voisine d'en face, se joindra à nous. Depuis l'attentat du bus n° 5 à Tel-Aviv, Ora évite d'emprunter les transports en commun, et comme elle n'a pas le permis de conduire et que les taxis sont chers, les voisins de l'immeuble l'aident à aller partout où elle le souhaite.

Elle est déjà dans la cage d'escalier lorsque nous sortons, serrant contre elle son cabas, le visage tendu. Elle n'a pas d'enfants et n'en aura jamais, pourtant elle semble éternellement inquiète. Depuis le jour où je suis devenue mère, je n'ai plus peur que pour Léa, et s'il arrive que j'éprouve des craintes pour moi, c'est par rapport à elle, c'est pourquoi au fond de moi je m'interroge un peu sur Ora, qui fait si grand cas de sa vie. Mais je la réconforte et lui dis : « Ora, ça va, tout va aller bien pour toi, tu n'es pas seule. »

Léa ne l'affectionne pas particulièrement et fait la tête durant nos trajets en commun. De son côté, Ora ne sourit pas non plus à Léa et ne s'adresse pas à elle du ton engageant avec lequel les adultes s'adressent aux bébés. Les autres adultes lui sourient partout, stimulent son babillage, les vieux en particulier s'y emploient, y compris dans la rue, alors qu'ils ne nous connaissent pas du tout, ni elle ni moi. Ils lui dissimulent l'essentiel avec leurs sourires, et je dois alors accélérer avec la poussette. Mais Ora est différente, elle ne tendra jamais la main pour caresser la tête de ma fille, ou ne se retournera pas vers le siège arrière pour capter son attention. Assise près de moi, sur le siège passager, elle suce doucement un bonbon extrait d'une boîte en carton dans son sac, et je lui suis reconnaissante de cela aussi, car ces derniers temps, je distingue les sons avec plus d'acuité. Les bruits de déglutition ou de mastication me perturbent. Ceux des hommes en particulier, mangeant seuls au café, bouche ouverte, à une distance d'une table ou deux, quand Léa et moi nous reposons d'une promenade en poussette. Il y a aussi l'aire de jeux, les femmes assises sur les bancs avec leurs enfants, qui froissent des sacs en plastique ou des emballages de sucreries, ou suçotent un quartier d'orange bruyamment. Je leur décoche un regard dégoûté, mais la plupart n'en ont rien à faire, ni de mon regard ni de moi. Je voudrais que seules Léa et moi soyons au jardin. Les bruits de mastication de ma fille ne me gênent pas et ne me gêneront jamais, y compris lorsqu'elle grandira et deviendra une adolescente, puis une jeune femme, ou bien ils m'agaceront à un moment seulement, lorsqu'elle aura quatorze ans et sera assise avec son amie au salon devant la télé allumée sur une comédie débile, plongeant sa main dans un gigantesque saladier rempli de pop-corn. Mais ce seront les années les plus dures, celles qui se démarquent des autres.

Finalement, même Ora se détend. La crainte devient peut-être une habitude, et peut-être que sa dépendance aux voisins lui pèse plus que la terreur des attentats. Elle ne réclame plus de se joindre à nous.

L'été suivant, nous passons une semaine dans un village de vacances en Allemagne, Meïr, Léa et moi. Un immense camping s'étend au nord du village, des centaines de caravanes sont garées entre des épineux dans un ordre remarquable, appliquant un savoir européen ancestral de préservation de l'intimité, ressemblant les unes aux autres et pourtant distinctes, et totalement silencieuses, le silence qui règne là est incroyable. Nous nous promenons le soir tous les trois au pays des caravanes, contemplant les rares signes distinctifs à l'extérieur : les rambardes de couleur, les auvents, les étendoirs où s'agitent des serviettes et des draps, ici et là un maillot de bain, jamais de culotte ni de soutien-gorge. Au pays des caravanes, nul ne contraint son voisin au voyeurisme, et il nous semble que nous pourrions nous y fondre, que nous saurions être européens, que nous avons compris les règles, Léa en particulier, qui avance avec une compréhension naturelle du monde et s'y fond facilement. La plupart des vacanciers sont des couples d'âge mûr très bronzés, presque orangés à force de soleil. Certains sont des hippies vieillissants, mais les autres sont des citadins, des employés à la retraite désormais assis sur des chaises pliantes devant leur caravane, parfois avec un chien également vieillissant à leurs pieds, et entre eux il y a une petite table avec une bougie, ou une lampe de table, une canette de bière ou un fruit ; ils contemplent en silence le jour qui s'achève, ou lisent un livre, ou discutent en chuchotant, avec la mesure de ceux qui se sont raconté leurs grandes histoires il y a des années de cela – il n'y a plus de fossé à combler. Personne ne met de la musique, n'en joue, ne bouge trop vite, pas même les plus jeunes qui sont venus en famille avec un ou deux enfants, jamais trois ou quatre, et les voici au plus fort du cérémonial nocturne : le dîner et le voyage forcé vers le sommeil. Nous entendons à peine les grondements des parents et les caprices des enfants, et nous ne sentons rien non plus, ni les omelettes ni les saucisses, les effluves de cuisine n'envahissent pas l'extérieur, tout s'accomplit à l'intérieur des caravanes, nous ne voyons même pas les enfants, nous entendons seulement de temps à autre une parole plus aiguë et plus rapide, et une fois, aux confins du camping, les pleurs d'une petite fille résonnent et elle surgit un instant à l'entrée d'une caravane, cheveux longs et legging de lycra rose, le même que ceux des petites filles qui passent leurs journées sur la plage d'à côté et que je confonds entre elles, et soudain une voix appelle dans un cri incongru, fascinant – « *Lia, komme hier Lia !* » – et la petite fille disparaît de nouveau dans la caravane. Elle continue de pleurer, dans un registre plus fort, clairement destiné à nos oreilles. Je prends la main de Léa, Meïr fait de même, et nous nous éloignons rapidement tous trois, main dans la main, immunisés par notre unité. Dans les deux jours qui précèdent notre retour, nous avons l'impression que notre amour s'est même renforcé, que nous mesurons désormais l'ampleur de notre chance.

7.

Des années auparavant, avant même que je ne puisse imaginer Meïr et Léa, en des temps où je ne sais plus ce que je savais et ce que j'ignorais, j'ai lu un livre sur une Canadienne de soixante-dix ou quatre-vingts ans, veuve depuis peu et très malade, qui prend un thé avec sa fille aînée, Elaine, dans sa maison du sud du Canada. Au début, elles sont toutes ensemble dans la maison de la femme – elle-même, sa fille Elaine et les filles d'Elaine, ses petites-filles, venues passer quelques jours chez leur grand-mère durant les vacances d'été –, puis les petites-filles repartent, et Elaine reste avec sa mère malade pour lui faire un peu de rangement et préparer ses repas. C'est là que la mère et la fille sont assises dans la cuisine, boivent leur thé, et se souviennent soudain d'une vieille histoire qui tient en une poignée de mots : *Ces filles t'ont fait passer un mauvais moment.* Au début c'est tout ce que dit la femme. Et à la question d'Elaine, « De *quelles filles* parles-tu ? », la mère répond par leurs prénoms ; des camarades de classe d'Elaine, il y a longtemps. Elle dit leurs prénoms en regardant Elaine *de biais, comme pour* la *tester*. Le silence autour de la table s'étend à l'extrême. La mère pense que des deux filles, Cordelia et Grace, c'est Grace qui a été responsable des souffrances d'Elaine pendant des années ; elle pense que Grace était l'élément perturbateur. Quarante ans sont passés depuis, il semble que tout cela a eu lieu en dehors du temps d'Elaine, elle a oublié même ce dont elle se souvient de ces années-là, fondamentalement oublié, mais lorsque sa mère parle de *ce jour-là*, et se dépêche de préciser qu'elle ne les a pas crues, qu'elle n'a pas cru qu'Elaine avait dû rester à l'école après les cours pour une punition, Elaine essaie de comprendre.

« *De quel jour parles-tu ?* demande-t-elle prudemment.

— *Ce jour où tu as presque gelé.*

— *Ah oui* », répond Elaine, *prétendant saisir ce dont elle parle.*

Elle s'attend à ce que je lui pardonne, pense Elaine, *mais quoi ?*

Dans le village de vacances où nous avions séjourné, à côté de l'immense camping de caravanes, il me semblait entendre parfois de l'hébreu, mais lorsque je m'arrêtais pour écouter, je découvrais systématiquement que j'avais fait erreur. C'était une autre langue, je n'aurais su dire laquelle, les vacances et l'éloignement de la maison m'embrumaient. Et même les fillettes en maillot fluo et cheveux au vent sur la plage d'à côté me paraissaient toutes avoir le même âge, je ne parvenais pas à distinguer celles qui avaient quatre ans de celles qui en avaient huit, les couleurs et la langue floutaient tout, ainsi que le silence partout, à la piscine, dans les restaurants de la plage, aux comptoirs d'accueil qui se ressemblaient tous, débordant de poupées de chiffon, de bijoux en coquillage et en bois, de serviettes de plage et de jouets en plastique bon marché.

Durant notre première nuit là-bas, après la douche, Léa avait couru dans la chambre, survoltée. Elle se cognait bruyamment aux murs, tel un papillon dans un lampadaire, et m'épuisait. Les préparatifs, le vol, le trajet jusque-là – jc voulais dormir. Je l'avais contenue dans mes bras pour qu'elle se calme un peu, l'avais embrassée dans le cou, lui avais chanté quelque chose, et elle avait doucement pleuré quelques minutes avant de s'endormir. Mais après une nuit difficile, nous avions plongé dans une agréable routine de vacances. Nous avons joué toute cette semaine-là. Lego, puzzles, Memory. Meïr et moi avions compris la force unificatrice d'une famille en cercle sur un tapis, cela n'avait rien d'une seconde enfance, mais nous ne nous ennuyions pas non plus, nous prenions du plaisir à bâtir notre pièce dramatique, notre extase tournée vers notre fille – Viens voir… Où est… Voilà… Magnifique… – et nous poursuivions autant qu'elle le désirait. Je ne prenais pas plaisir aux jeux en eux-mêmes – sauf peut-être lorsque nous coiffions des poupées et les installions pour manger dans une minuscule vaisselle en plastique, avant de les coucher dans des boîtes pour dormir – mais le visage de Léa rayonnait de plaisir, et même lorsqu'elle eut grandi, Meïr et elle continuèrent de jouer, aux dames, aux échecs, au backgammon, ils se mesuraient l'un à l'autre avec un enthousiasme inépuisable. Je ne jouais plus avec eux à cette époque, je ne parvenais plus à susciter en moi-même un intérêt qui viendrait seulement du plaisir que je retirais des jeux, mais dans les longs trajets, lorsque nous étions tous trois en voiture avec d'innombrables kilomètres devant nous, j'acceptais malgré tout de jouer, et parfois je le proposais moi-même. Je gagnais presque toujours aux jeux d'associations et au Trivial Pursuit, je réfléchissais plus rapidement qu'eux, j'avais à ma disposition dans ma tête un immense dictionnaire dans lequel je pouvais facilement tout piocher – en revanche leur imagination était plus éveillée que la mienne et ils se comprenaient plus vite.

Cette semaine-là, dans la chambre proprette et calme du village de vacances, nous étions en train de ramasser les cartes à jouer pour sortir dîner quand Léa nous supplia : « Allez, encore une fois, juste une dernière partie. » Nous retournâmes les cartes du Memory et les mélangeâmes.

« Qui commence ?

— Moi ! s'écria Léa, moi ! »

Nous avions joué des centaines de fois avec ces cartes dont la plupart étaient déjà cornées et tachées ; pour ma part j'étais capable de reconnaître trois paires uniquement en les regardant côté pile, et Léa en reconnaissait plus encore. Nous considérions que cela faisait partie de la règle du jeu.

« Allez », dis-je.

Léa découvrit successivement quatre paires avant de se tromper et de passer son tour. J'en soulevai deux. Meïr fut aussitôt éliminé.

« À ton tour », dis-je à Léa.

Elle me regarda un instant, puis regarda les cartes.

« Allez, dit Meïr, j'ai faim. »

Léa commença à retourner une carte puis se ravisa, et en choisit une autre.

« Mais tu as vu la première, m'écriai-je, c'est pas du jeu !

— Je ne l'ai pas vue, affirma Léa.

— Leïki, franchement…

— Elle dit qu'elle ne l'a pas vue », intervint Meïr.

J'ouvris la bouche pour protester mais Meïr me fit un geste et je lâchai : « Bon, d'accord. »

Léa souleva une carte, puis une autre, et posa la paire sur sa pile. Je levai les yeux au ciel. J'étais toujours mauvaise perdante. Elle tendit la main vers la carte suivante.

« Léalé, reprit Meïr doucement, tu sais ce qui est plus important que gagner. »

Je le fusillai du regard, redoutant la suite. Il me regarda à son tour et ajouta :

« Elle sait qu'il est plus important de dire la vérité que de gagner. »

Léa souleva encore deux cartes et eut de nouveau une paire. Mais sa lèvre inférieure tremblait et elle murmura, tête baissée : « Je ne veux plus jouer. »

Comment pouvais-je supporter cela ? Je ne le pouvais pas. Je me penchai vers elle.

« Ne pleure pas, ma douce…

— J'ai vu la carte, lâcha-t-elle en sanglotant. J'ai dit que je l'avais pas vue mais je l'ai vue… »

J'étais dans tous mes états. J'aurais voulu tout effacer, et revenir en arrière.

« C'est bon, dit Meïr. Tout le monde fait des erreurs. Continue, Léalé. »

Mais elle s'allongea sur les cartes. Nous ne pouvions pas continuer. Nous sortîmes dîner.

J'ai déjà mentionné que j'ai lu l'histoire d'Elaine la Canadienne des années avant Léa, avant sa naissance, à une époque où je ne pouvais envisager les catastrophes que rétrospectivement, et je me disais que s'il advenait que ma mère me pose des questions sur les jours enneigés de ma vie, il me faudrait agir exactement comme Elaine. *Ah oui*. Dire *Ah oui*, et ne pas me souvenir une seconde de ce que je devais lui pardonner.

Ce livre a été retraduit, et a eu droit à une nouvelle couverture pour fêter cette nouvelle traduction que j'ai achetée et qui a récolté tous les éloges. Je me devais de le relire mais je n'y arrivais pas, gênée par les changements de notes et de tonalité, les nouveaux doigtés, et lorsqu'une amie fut à la recherche d'un livre pour un voyage, je m'en débarrassai en le lui fourrant entre les mains. Je feuillette parfois le vieil exemplaire de ma jeunesse. En haut de la première page, on peut encore lire, écrit au crayon : « Ce livre appartient à Yoëlla Linden. » Je faisais cela autrefois. J'écrivais mon nom sur les choses et j'annonçais ce qui m'appartenait. La bonne blague.

J'ai lu quelque chose – et pour le coup, c'était il y a peu de temps, des dizaines d'années après la Canadienne – sur une femme qui a grandi dans une grande pauvreté dans un village de l'Illinois du nom de Amguash, qu'elle a quitté, une fois adulte, pour s'installer à New York. Là-bas, il lui arriva un jour de descendre du métro, pour ne pas entendre *un enfant pleurer du plus profond de son désespoir.* Ces pleurs, désespérés comme nuls autres, étaient *l'un des sons les plus sincères qu'un enfant puisse produire*, racontait-elle, au point que ses oreilles ne pouvaient le supporter et qu'elle dut quitter la rame. J'en eus les larmes aux yeux. Mais s'il avait été écrit qu'elle avait quitté la rame à cause d'une petite fille pleurant avec un désespoir insoutenable, j'aurais abandonné le livre sur-le-champ. Je n'aurais pas poursuivi ma lecture.

8.

Je suis arrivée à l'hôtel d'Amsterdam après minuit. J'ai attendu jusqu'au matin, puis j'ai téléphoné à Léa de mon portable. Elle a aussitôt répondu – elle ne répondait pas toujours, ou bien il me fallait patienter durant les longues sonneries, torturée avec elle par la prise de décision. Nous avons un peu parlé. Je tentais d'en dire le moins possible, je faisais très attention depuis que j'avais retrouvé sa trace. Je lui ai dit : « La fête s'est bien passée, Art a cuisiné, nous avons invité sa fille et sa famille, il sera si heureux de te rencontrer lorsque tu reviendras. » Elle m'a raconté brièvement comment elle avait soigné une otite avec un homéopathe local. Nous étions devenues expertes dans la consolation de ces conversations légères, des ampoules qui ne pesaient rien, que nous soulevions délicatement, et qui savaient nous illuminer chaque fois quelques minutes, d'elles-mêmes, sans électricité ni branchement ni contact, par la seule force de notre volonté.

J'ai appelé également Art, qui s'inquiétait pour moi. « Tout va bien, je vais bien, je te raconterai tout à mon retour. » Je me suis longuement douchée. J'ai pris plaisir à me contempler dans les miroirs de la salle de bain, là, dans la lumière rosée posée comme une auréole sur ma tête et rendant à mes cheveux leur brillance. J'ai lu quelque chose là-dessus, on installe ce genre d'éclairage dans les supermarchés également, pour donner une couleur appétissante aux viennoiseries. Puis j'ai dormi quelques heures avant de m'habiller et de sortir. J'ai marché un peu, en quête d'un endroit où manger. L'Histoire était plus présente dans les matériaux perméables à la lumière, dans l'eau des canaux, dans les immenses baies vitrées des bâtiments, et même le léger brouillard flottant au-dessus de la ville absorbait un peu de sa quiétude. Avant mon voyage, Art m'avait parlé des polders – la construction des bâtisses dans la terre meuble prise dans l'eau. Il est aisé d'oublier que les canaux ne sont pas là que pour la beauté lorsqu'on marche de l'un à l'autre, d'oublier que l'on se bat contre l'eau sans cesse, et même les grandes fenêtres sont une illusion, m'a dit Art. En même temps qu'elles ouvrent les maisons aux yeux étrangers, elles les éloignent, on sait clairement qui se trouve de quel côté de la vitre, la transparence est un sortilège impénétrable. J'étais déjà venue une fois à Amsterdam, mais je l'avais comprise autrement, Léa et moi nous y étions promenées ensemble et tout ce qui y était arrivé nous était arrivé à toutes deux. Cette fois, je marchai jusqu'à ce que le soleil commence à se coucher et que la ville se referme. J'avais renoncé à manger dehors. J'achetai un paquet de crackers, du fromage et quelques fruits dans une épicerie et passai dans cette chambre d'hôtel le temps qu'il me restait jusqu'à mon vol, totalement détendue.

Ce ne fut que plus tard, dans l'avion, en route vers chez moi, que j'ai pensé que si ma fille avait été un peu plus meurtrie, si elle avait été complètement éjectée de sa vie, j'aurais pu m'occuper d'elle. Je l'aurais prise dans mes bras, j'aurais compris exactement ce qui était nécessaire sans m'effrayer, j'aurais caressé son visage, l'aurais apaisée, aurais brossé ses cheveux, aurais ouvert et fermé pour elle les rideaux de sa chambre, chaque matin et chaque soir, et j'ai pensé que je pouvais désirer cela, souhaiter une légère vibration supplémentaire de sa part, seulement un pas de plus vers le tunnel de l'âme, et j'ai pensé : « Voilà, voilà, tu es tombée dans le panneau, comprends-le bien. »

Puis j'ai pensé à mes petites-filles, c'est à elles que j'ai pensé, et je me suis demandé si je connaissais les livres qu'elles aimaient, et si, lorsque leurs parents leur en faisaient la lecture, elles croyaient qu'ils avaient été écrits pour elles, doublant les bruissements de leur cœur et formulant leurs secrets. Toute mon enfance j'ai dévoré des livres, et Léa aussi, jusqu'à ce qu'elle cesse d'un coup ; un jour elle en avait eu marre des livres et des histoires et n'avait plus accepté que la musique, des heures et des heures de musique dans ses oreilles sans un mot, tous ses autres sens sous scellés, elle avait déserté. Je m'inquiétais à présent d'exagérer de nouveau, de penser trop aux petites-filles, de revenir à mes erreurs. Je me suis endormie, je suis tombée dans le sommeil chaotique des avions, et lorsque je me suis réveillée j'ai pensé : « C'est faux, je n'ai jamais été complètement malade, j'ai toujours compris ce qui se passait autour de moi, je me suis arrêtée à temps, et si j'ai dévié, si je me suis appuyée sur ma fille, je l'ai fait uniquement lorsque je savais ce qu'elle pouvait supporter. » Le chef d'équipage a annoncé les préparatifs d'atterrissage dans le haut-parleur. Je me sentais de nouveau lucide, et comme quelqu'un à qui l'on a causé du tort.

9.

Yohaï m'a téléphoné quelques jours après mon retour de Hollande. Il avait pris l'habitude de m'appeler de temps en temps depuis la mort de Meïr, et nous prenions un café ou une collation. Il était manifeste qu'à ses yeux, j'étais devenue quelqu'un de plus important que je ne l'avais été ; que Meïr, qui nous séparait de son vivant, nous reliait à présent. Nous nous sommes vus le soir même. Je lui ai parlé de Léa, de la région d'Orient qu'elle arpentait, de l'otite, du médecin tibétain local. Il m'a parlé de sa fille, qui ces derniers temps avait commencé à préférer sa maison à lui plutôt que celle de sa mère. « Elle appelle en larmes, dit-il, c'est terrible. » J'ai sursauté : « Danit appelle en pleurant ? — Non, pas Danit, Ruth. C'est Ruth qui appelle. Danit la persécute. Rien de ce que fait Ruth ne trouve grâce à ses yeux, il faut croire qu'elle ne lui laisse aucune chance, d'emblée. » Il s'est arrêté un instant. « Elle a demandé que je parle à Danit, pour les réconcilier. »

Je lui ai souri. Son divorce d'avec Ruth s'est mal passé. À présent elle se bat pour obtenir son approbation, a besoin de son aide, alors que durant leur union, c'était une vraie peau de vache.

« Tu es un homme bon, Yohaï », ai-je dit, et il s'est redressé soudain sur sa chaise en déclarant : « J'ai toujours pensé que tu étais une mère merveilleuse. » Et cela m'a beaucoup surprise. Jusqu'à la mort de Meïr, je croyais qu'il m'en voulait ; chaque fois que nous nous voyions, il me semblait qu'il se retenait de me tenir des propos durs déjà tout prêts dans sa bouche et ne demandant qu'à être prononcés.

Je lui ai rendu la pareille. « Toi aussi, Yohaï, tu es un père merveilleux. »

Quand je suis rentrée, Art dormait déjà. Je me suis étonnée qu'il ne m'ait pas attendue, puis je me suis souvenue qu'il s'était réveillé transi le matin même. J'ai éteint la lampe de chevet, et l'obscurité dans la pièce a contrasté avec la lumière des projecteurs de seconde main, qui éclairent l'immeuble de loin, comme un musée. Le monde bleu galactique de l'écran d'ordinateur. Les signaux lumineux de l'air conditionné qui clignotaient sans fin. Le modèle de store vénitien imprimé par un réverbère sur les fauteuils. De l'appartement au-dessus du nôtre s'élevait le murmure d'une télévision, mais ici chez moi j'étais comme dans une piscine sans fond et sans eau, une vie avec zéro frottement et zéro opposition, et je pouvais m'enfoncer, m'enfoncer, sans rencontrer le sol et sans me battre pour respirer.

Le lendemain, j'ai décrété que j'avais bien fait de ne rien raconter à Yohaï à propos de Léa. Qu'il ne sache pas que je l'avais trouvée, puisqu'elle avait disparu pour nous tous, que ça avait été son intention, nous avions tous été quittés, et Yohaï aussi. Je me suis détendue. J'ai décidé de ne plus me torturer avec la question de savoir si elle avait procédé de même avec ses anciennes amies, ou si elle avait fait une distinction entre elles et nous ; de ne pas être pétrifiée de honte si je les croisais dans la rue et voyais dans leurs yeux que pendant tout ce temps elles avaient su où elle se trouvait. La foudre passerait son chemin, je continuerais de marcher.

Pour la première fois depuis longtemps je me sentais bien. J'avais travaillé toute la journée avec une grande énergie et, à mon retour à la maison, je préparai du poisson au four pour Art et moi. Je me maquillai, allumai des bougies et l'attendis, assise sur le canapé. J'avais décidé de ne plus me préoccuper des signes. Même si j'avais retrouvé sa trace uniquement par hasard. Même si c'était seulement par hasard qu'elle avait été épiée avec ses filles loin des lieux où elle avait prétendu se trouver pendant des années. Même si c'était seulement par hasard que j'avais identifié son adresse, sa maison et toute sa nouvelle vie. Ça ne changeait rien pour moi qu'elle ait décidé de partir, ou qu'elle ait été emportée loin de moi, jusqu'à ce que ce soit plus facile pour elle de poursuivre sa vie sur la rive d'en face. Ça m'était désormais égal de savoir si elle avait redouté la possibilité de se laisser emporter ou si elle l'avait souhaitée, si elle avait espéré que je la retrouverais, que je m'obstinerais à être une mère. Et j'ai pensé : « Je ne serais pas restée pieds et poings liés, je l'aurais trouvée de toute façon. » Et je me suis souvenue des nombreuses fois durant son adolescence où j'avais été émue en lui parlant, mes yeux se remplissaient de larmes pour des petits riens, n'importe quoi, et elle y était sensible. Elle détournait le regard. Et d'autres fois, précisément lorsque nous regardions un film débile à la télé, ou qu'elle me lisait un article d'un journal ou d'un site ou toute autre chose qu'elle souhaitait, elle disait : « Tu pleures ? Oh, tu pleures, ne pleure pas », et elle levait les yeux au ciel en ajoutant : « Non mais qui pleure comme ça ? Tu es bête, c'est des conneries. »

Une petite heure plus tard, j'ai fini par me lever du canapé, éteindre les bougies et me démaquiller. Quand Art est arrivé, nous sommes passés à table. Il s'est émerveillé des poissons, et a considéré qu'ils étaient extraordinaires.

10.

Léa avait quatre ans déjà lorsque la jeune fille du Centre d'information pharmaceutique pour la grossesse et l'allaitement m'appela. Je leur avais demandé de l'aide dans les moments difficiles, ils m'avaient conseillé les médicaments que je pouvais prendre, ce qui était autorisé et ce qui ne l'était pas, ils m'avaient expliqué les risques. Je ne m'attendais pas à ce qu'on me recontacte après plusieurs années, mais j'avais conscience que c'était important et j'étais prête à les aider de bonne grâce.

« Juste quelques courtes questions, avec votre permission, dit la jeune fille. C'est pour le suivi. »

Quelques minutes auparavant, j'étais allongée sur la pelouse du campus. J'avais placé mon sac sous ma tête et je comptais fermer les yeux un instant avant de retourner au studio. C'était un après-midi d'été, il faisait chaud. Il y avait un grand soleil dans le ciel et un grand soleil dans ma vie. Je bossais sur la conception complexe d'un catalogue pour un colloque international et j'avais eu droit à des éloges, les professeurs aimaient travailler avec moi, j'étais créative et soigneuse. J'ai dit à la fille du centre : « Avec joie, notez que vous devriez conseiller à tout le monde une grossesse telle que la mienne, si vous voyiez la petite fille à laquelle j'ai eu droit, vous comprendriez. » La jeune fille a ri, même si ce n'était pas de bon cœur. J'entendis une hésitation, il était manifeste qu'elle se demandait s'il s'agissait d'humour ou du symptôme de la chose dont j'avais tant souffert naguère. Elle posa quelques questions auxquelles il fallait répondre par oui ou par non, et je lui répondis. Elle n'avait pas dans sa liste de questions ouvertes et je le regrettais, car j'aurais aimé développer. Je voulais qu'elle sache combien je me sentais bien depuis que ma fille était née, je ne m'étais jamais sentie aussi bien, la petite avait tout arrangé.

À la fin de la conversation j'avais renoncé à la sieste sur la pelouse. Les effluves trop vifs de l'herbe diffusent une joie incontrôlable qui se transforme en solitude. Je me demandais si j'aurais dû évoquer avec la jeune fille les taches blanches sur les dents de Léa. J'avais lu quelque chose là-dessus un jour, qui disait qu'elles pouvaient être la conséquence d'une prise de médicaments par la mère durant la grossesse. Le plus étrange était qu'en général, de la distance à laquelle les gens la regardaient, c'étaient ces taches précisément qui rendaient ses dents plus blanches. La question me tracassait. Je finis par me lever pour retourner au studio, mais passai le reste de la journée à cran.

Le psychiatre qui m'avait suivie par le passé et accompagnée durant les premiers mois de grossesse avait dit qu'on ne pouvait pas savoir, la naissance pouvait susciter un grand soulagement ou une légère aggravation. Le docteur Schönfler n'était pas du genre à cajoler ses patients en évoquant la moitié pleine du verre. Il se retranchait derrière les chiffres et les pourcentages de manière impitoyable mais il avait un certain humour, était un adepte de l'absurde, et cela aidait. Si je lui disais que je sentais mon pouls battre carrément dans mes oreilles, et au bout des doigts, et au bout de la langue à un rythme dément, il répondait : « Ce n'est pas grave, tant que vous ne vous réveillez pas en sueur au milieu de la nuit, persuadée qu'on vous a *volé* une pulsation. » Quand je lui racontais mes hallucinations en plein jour, où j'avais l'impression de passer par des portes fermées, de transporter des choses à mon insu et de m'en débarrasser n'importe où, il répondait : « Ça me rappelle que j'ai vu un éléphant dans le quartier avant-hier, un peu après que vous êtes venue ici, et je me suis en effet demandé qui l'avait laissé là. » Rien de cela ne me faisait rire, je ne le pouvais pas, la grossesse tant attendue m'avait envahie violemment – ce qui poussait en moi m'était plus proche que moi-même, était vraiment en moi et en même temps totalement dissimulé –, mais l'humour m'apaisait. Le docteur Schönfler ne semblait pas s'inquiéter de ce que je racontais et j'avais commencé à prendre appui sur la certitude que je ne parviendrais pas à le vaincre.

J'oubliai tout avec l'arrivée de Léa. La grossesse, la naissance, tout de ce qui avait été avant. Ma transformation en mère s'exprimait par l'effacement de tout ce qui nous avait précédées. Je ne me souvenais plus de ce que j'avais projeté, espéré, ce qui me faisait peur ; je n'avais plus peur de rien, je n'hésitais plus et ne m'inquiétais plus. Je craignais peut-être un peu de quitter l'hôpital. Ma fille et moi étions sur une île de quiétude protégée par des infirmières qui comprenaient tout de mon état. Je disais que j'avais mal, et elles savaient aussitôt de quelle manière. Je disais qu'il faisait trop chaud, et elles savaient à quel point. Je craignais que ma fille ne soit trop pâle, et elles disaient que tout allait très bien. Elles savaient et comprenaient tout de la fatigue. J'aurais voulu que l'on reste là-bas indéfiniment. Mais lorsque nous avions fini par rentrer à la maison, quatre jours après la naissance, je ne l'avais pas regretté. L'île s'était déplacée avec nous. Le temps s'écoula avant que les pensées ne reviennent tout doucement, les prises de conscience, les nœuds que mon âme avait noués dans mon dos. Tout me revenait.

« Comment décririez-vous son appétit ? » avait demandé la jeune fille du Centre d'information pharmaceutique. « C'est une petite fille active ? Elle pleure beaucoup ? Comment dort-elle ?

— Comme une souche », avais-je répondu.

Elle avait ri encore. Ce qui scellait manifestement la fin de la conversation.

« Je vous remercie.

— Merci à vous.

— Je vous souhaite le meilleur.

— Moi de même. »

À un an, elle avait commencé à pleurer beaucoup la nuit. Nous étions des parents tout neufs, nous voulions faire nos propres erreurs, nous cédâmes au point de la laisser dormir avec nous une ou deux fois, nous nous retrouvâmes piégés, mais fondamentalement, c'était nous qui cherchions à la séduire. Lorsque nous faisions mine de la coucher dans un lit près du nôtre, nous lui envoyions des signaux à notre façon de la toucher, de respirer, de penser que non, il ne fallait pas qu'elle accepte, il ne fallait pas qu'elle plie, jusqu'au moment où nous la posions entre nous, et elle s'endormait alors aussitôt. Elle avait déjà trois ans et trois mois lorsque j'arrangeai la chambre qui l'attendait, déployai des draps neufs que j'avais lavés, et lui dis : « Cette nuit, tu vas dormir ici. » Tout simplement. Seuls les premiers jours à l'école maternelle furent durs et amers. Des sanglots à en perdre la voix, des grèves de la faim. Lorsque j'étais allée la chercher, au quatrième jour, elle dormait encore. « Ça fait déjà deux heures, dit la maîtresse, elle s'est beaucoup fatiguée. » Je m'étais réjouie. Elle se calme, pensai-je, elle fait confiance au lieu. Je dis à la maîtresse : « Ne la réveillez pas, je ne suis pas pressée, je vais attendre. » Je m'assis près de ma fille sur le matelas et restai ainsi une heure. Je finis par la caresser, elle se réveilla et s'abandonna dans mes bras. Ce ne fut qu'au milieu de la nuit que je fus secouée par la pensée que j'avais tout mélangé, et que le sommeil si long et si incroyablement lourd dans ma famille était tout sauf de la quiétude. C'était une fuite de la réalité. J'eus cependant le temps de me défaire de la terreur de la maternité avant le matin. À notre arrivée à l'école le lendemain, je ne m'attardai pas, lui dis au revoir et ne me retournai pas lorsqu'elle éclata en sanglots. Plus tard, la maîtresse me dit qu'elle s'était calmée très rapidement.

11.

Il est possible que, jusqu'à ce que je devienne mère, j'aie ignoré comment les petites filles sont aimées. J'entends par là : comment on les aime. J'avais eu vent des forces inouïes qui rendent les mères toutes-puissantes, j'avais lu dans un journal l'histoire d'une femme qui avait soulevé de ses propres mains une voiture pour sauver sa fille piégée sous le véhicule, j'avais lu quelque chose sur une femme qui avait tenu sa petite fille dans les bras pendant deux jours tandis qu'elles dérivaient sur une planche de bois en plein océan, j'avais lu sur une femme qui avait tué la personne qui avait porté atteinte à sa fille, et je savais que l'amour maternel pouvait être sauvage, effréné, mais je n'avais pas compris l'épopée de l'amour quotidien. Et puis je compris. Je donnai naissance à Léa, et je compris.

Je la brutalisai une seule et unique fois. Je l'attrapai par le bras très fort, jusqu'au moment où je pris conscience que c'était exactement mon intention, lui faire mal ; que je l'avais brutalisée sans qu'elle ou moi puissions réaliser qu'elle l'avait été. Même en cela, je nous dupais. Mais elle m'avait tant mise en colère en refusant de s'asseoir sur le petit banc de la baignoire pour que je lui brosse les dents, ne tenant pas en place, se redressant, sortant de la baignoire en riant, « D'abord pipi », « D'abord à boire », « Encore de l'eau ». « C'est bon ! avais-je crié. On arrête ! » Et j'avais serré fort son bras en la regardant dans les yeux et en criant – étonnée moi-même d'entendre ce cri : « On arrête ! Stop ! Si tu veux que je te brosse les dents, tu viens là, tu t'assieds correctement, tu ouvres la bouche et tu m'attends. Compris ? Compris ? » Elle n'avait pas bougé. Elle était restée un moment sans respirer ni ouvrir la bouche. J'avais demandé encore, sidérée par la tournure que cela prenait : « Tu m'as comprise ? » et elle s'était assise en hochant la tête et en ouvrant lentement la bouche. Mais lorsque je m'étais assise face à elle, la brosse à la main, elle avait de nouveau serré les lèvres, tendu son bras et caressé ma joue en disant : « Mais d'abord, je veux voir tes yeux. » Et dès lors, je compris que ma fille savait parfaitement déceler mes absences, et qu'elle m'appellerait toujours pour que je revienne.

Quelque temps plus tard, je fus de nouveau prise de faiblesse. Au départ c'était comme une grippe, mais je savais ce qui se tramait, les fois précédentes m'avaient rendue attentive à chaque oscillation de mon état. Je me réfugiais dans ma chambre, mais Léa-qui-avait-quatre-ans y surgissait, grimpait sur le lit, s'écrasait contre moi, et je pensais « Aujourd'hui je vais me mettre debout », et j'humais son odeur en la caressant, consciente de ce que je devais faire, mais je m'effondrais aussitôt. Pour être la maman, il me fallait penser à elle à chaque instant, et je n'en avais pas la force. Son poids changeant. Sa peau collante. Le filet éraillé et humide de sa voix. Et elle rentrait toujours de l'école affamée, ça ne s'arrêtait jamais. Elle brûlait toujours de parler, raconter, convaincre. Trop. C'était trop. Et à cause d'elle, à cause de sa voix forte, il arrivait que je lui dise – sans crier, et cela aussi exige des forces –, je disais : « Arrête de parler comme ça, Léa, c'est plus possible, laisse-moi. » Ma mère l'attendait en dehors de la chambre, je pouvais l'entendre s'affairer dans la cuisine, puis marcher dans ses sabots d'infirmière vers la chambre à coucher. « Viens, Léalé, viens voir Mamie. » Et je repoussais Léa. Mais elle, qui était soudain passée de l'état de bébé lourd à celui de fillette trop maigre, effrayamment légère – une poupée de papier mâché –, continuait à me regarder, amusée : « On joue, c'est tout. » Ma mère s'arrêtait à l'entrée de la chambre dont elle ne franchissait le seuil que si elle y était tenue, et elle répétait : « Viens, Léalé, laisse maman se reposer. » Et parfois elle disait : « Léalé, tu te souviens que toi aussi tu as eu la grippe un jour ? Nous ne voulons pas que tu l'attrapes de nouveau. »

Durant ces quelques semaines, Meïr prit soin de rentrer plus tôt. Ma mère et lui parvenaient à être affables l'un envers l'autre, mais je savais que ça ne durerait pas. Léa était bien surveillée, on s'occupait d'elle, mais les fissures allaient bientôt s'élargir, c'était pour cela qu'il était impératif que je tienne de nouveau debout, et j'y parvins véritablement au bout de quelques semaines.

12.

Léa commença à lire en maternelle et ne s'arrêta plus, elle lisait tout, n'importe quel panneau dans la rue, n'importe quel tract publicitaire, les compositions des produits, des emballages de nourriture, la moindre étiquette. Une quantité gigantesque de mises en garde en petites lettres que personne ne remarquait attirait son attention, tout était important, le plus infime des risques était destiné à se produire. Elle ne m'épuisait pas intentionnellement, et je comprenais la nécessité qui l'habitait. Les colorants alimentaires, allergènes, effets secondaires, restrictions, limitations, interdictions, mises en garde, la facilité avec laquelle une vie entière pouvait basculer – elle nous rappelait cela, à Meïr et à moi, à chaque instant, et s'il nous arrivait de prendre ses propos à la légère, elle éclatait en sanglots. Les méthodes que je proposais pour hiérarchiser ses craintes ne faisaient qu'accentuer le phénomène, elle y décelait de la naïveté et de la nonchalance, de la bêtise même, et eut une attaque de panique lorsqu'elle découvrit que sur la crème anti-moustiques que je lui avais achetée il était écrit « à partir de 7 ans ». Elle n'en avait pas encore six et avait déjà enduit ses bras et ses jambes. J'éclatai de rire et lui dis : « Mais tu es surdouée, en ce qui concerne les crèmes, tu peux facilement sauter une classe. » Elle m'avait lancé un regard que je ne saurais décrire et avait jeté le tube à la poubelle d'où je l'avais ressorti et déposé d'un geste brusque à sa place sur l'étagère en criant : « Ça suffit avec tout ça ! Ça suffit ! »

Mais le lendemain, j'étais si tourmentée que j'allai acheter un nouveau tube. Je trouvai au magasin bio une crème idéale et délicate qui convenait même aux bébés. Léa lut ce qui était écrit sur tous les côtés de l'emballage et me serra très fort. Je lui caressai la tête. Tout va bien. Presque chaque chose que je faisais ou disais était destinée à lui transmettre ce message.

Vers la fin du cours préparatoire, elle eut besoin de lunettes. « Elle a des yeux magnifiques, dit l'ophtalmologiste, mais très fragiles. » Je compris exactement de quoi elle parlait, j'avais cette même sensation lorsque je contemplais leur bleu outremer.

Léa était encore assise sur le fauteuil médical, le menton reposant sur l'appareil, comme le lui avait indiqué la doctoresse.

« Tu peux te lever, ma chérie », lui dis-je, et elle s'approcha de moi pour me chuchoter quelque chose, embarrassée. Le stress avait fait son effet, elle avait besoin d'aller aux toilettes. « Bien sûr. Tu veux que je t'accompagne ? » lui demandai-je.

Elle y alla seule. Je lui avais appris depuis longtemps ce que les petites filles doivent savoir dans les toilettes publiques. Ne rien toucher. Recouvrir la lunette de papier toilette. Je lui avais appris aussi à ne pas hésiter à crier à l'aide si nécessaire, quelle qu'en fût la raison.

L'ophtalmologiste regardait les résultats de l'examen. Je regrettais qu'elle ait parlé ainsi de Léa, de ses beaux yeux fragiles, mais son silence me pesait, car la plupart du temps c'était plutôt moi qui étais responsable des silences.

Je dis : « J'ai lu quelque chose de si étrange. »

Elle demeura absorbée par les feuillets des résultats.

« Une étude, poursuivis-je, dans laquelle on montrait aux participants des photos d'étudiants et d'étudiantes avec des yeux marron ou bleus, et on leur demandait de répondre à quelques questions. »

L'ophtalmo reposa les feuillets sur son bureau.

« Et ils ont trouvé, dis-je en attendant qu'elle tourne vers moi son regard, vous comprenez, ils ont trouvé que les personnes aux yeux marron apparaissaient aux participants comme étant plus fiables.

— Ah bon ? lâcha-t-elle en me regardant enfin.

— Oui. »

De nouveau, elle garda le silence. Son regard, que je scrutais, me fit sursauter.

Léa était revenue des toilettes et elle se précipita aussitôt entre mes cuisses pour s'y cacher, comme si elle était encore une toute petite fille. Je lui caressai les cheveux, elle était si sage.

Nous sortîmes du cabinet avec une ordonnance pour des lunettes et je manifestai avec exubérance à quel point c'était chouette, et combien nous étions impatientes. Nous allâmes directement chez l'opticien pour essayer des dizaines de paires sans parvenir à nous décider ; toutes les montures lui donnaient un air complètement idiot, ou bien elle avait l'air d'être déguisée en institutrice. Nous choisîmes une monture ronde en métal rose. Je lui dis : « Ça te va à merveille. Tu es magnifique. » Le coup fatal fut porté une fois les verres montés : elle avait désormais les yeux globuleux de ces petites filles à lunettes qui semblent moins réussies que les autres, ou moins propres, ou incapables de comprendre ce qu'on leur dit. Nous étions restées là-bas une heure avant de choisir, de payer, on nous avait expliqué qu'on nous ferait signe lorsque les lunettes seraient prêtes, mais Léa les voulait déjà, l'opticien avait ajouté en souriant : « Peut-être demain, même. »

Nous traversâmes la rue pour aller au glacier d'en face. Je la poussai à prendre une portion plus grande. Et à répandre des copeaux de chocolat dessus.

« Quand c'est la fête c'est la fête », dit Léa, avec l'application d'une petite fille myope, et j'entrevis à quoi elle ressemblerait lorsqu'elle dirait cela avec ses lunettes. Elle approchait seulement de ses sept ans. Je lui souris. C'était troublant : dans tout ce que je disais ou faisais pour elle, il y avait une part d'escroquerie.

Désormais, elle savait de nombreuses choses que je lui avais apprises. Non seulement des mots, des noms et des faits, mais aussi des intonations et des manières de rire, des gestes, elle dépassait sa créatrice. Je ne pouvais plus deviner à sa tête ses réactions et ses réponses, c'était merveilleux, sa compagnie était pleine d'un nouvel intérêt. Je riais réellement aux blagues qu'elle racontait, je m'émerveillais réellement de ses dessins et de ses poèmes. Tant de faux-semblants avaient été nécessaires à l'amour des premières années, quand je taisais ce que j'en pensais réellement. Elle avait de l'appétit pour tout. Absolument tout. Tout était à elle, tout lui était destiné, elle arpentait le monde en cueillant de-ci de-là, on lui montrait tout, on lui racontait tout, et lorsqu'un fruit lui était tendu, elle le portait aussitôt à sa bouche pour le croquer.

« Toute ma vie j'ai voulu goûter à des amandes. »

« Depuis le jour où je suis née j'ai prié pour avoir un chien. »

« J'ai rêvé d'une robe de ce genre pendant des années, maman. »

Sa façon de parler. Coupée-collée de toutes parts. Elle jouait. Scrutait. Mesurait. Quatre, cinq, six ans.

Je me moquais gentiment d'elle. Petite idiote. Petite rigolote. Je fondais. Ma petite fille aux lunettes roses. Petite poupée.

Elle me tendait son assiette de soupe vide en disant : « Merci, maman, c'était extraordinaire. » Elle me racontait ses souvenirs : « Quand j'étais petite… »

Quelques semaines avant la fin de sa première année à l'école, elle était rentrée à la maison, radieuse. Hagui l'avait complimentée sur un dessin qu'elle avait fait. Elle avait dit :

« C'est le premier garçon avec qui ça marche, maman.

— Dieu soit loué. »

Elle m'avait regardée, intriguée.

« Tu vas bientôt avoir sept ans, Leïki. Il est temps. »

Elle avait ri, et moi aussi.

Elle se laissa absorber sans une once de sens critique par des séries de dessins animés à la télé, dans lesquels elle prélevait quelques répliques prononcées avec une application exagérée, et quelques phrases grandiloquentes. « Sois toi-même, maman. » « Crois en toi. » « Tu peux le faire. »

« Je me sens si indépendante, dit-elle la première fois qu'on l'envoya seule à l'épicerie. C'est le plus merveilleux jour de ma vie, déclara-t-elle en rentrant. Je te suis très reconnaissante, maman. »

« Rappelle-moi, nous l'avons bien adoptée au XIXe siècle ? avais-je murmuré à Meïr.

— Arrête. »

Mais j'étais amoureuse de ma fille, j'étais folle de chaque détail en elle, c'était une manière de chasser les démons. J'adoptais la plus légère des ironies pour contrer le mauvais œil. Ma fille faisait déborder mon cœur et j'étais obligée d'écoper un peu de mon amour, un tout petit peu, pour pouvoir continuer. Ce n'était pas facile de la protéger. Elle ne faisait pas toujours attention, rentrait de l'école sans manteau (en hiver, elle avait un problème de circulation dans les mains, rien n'aidait, ni le manteau ni les gants), ou bien elle ramassait un tesson de verre brillant dans la rue, ou bien lorsque nous entrions dans des toilettes publiques elle touchait à tout, aux robinets, aux poignées de porte, ou bien elle déposait son sac sur le sol souillé. Je lui criai dessus le jour où elle fit tomber ses lunettes dans la cuvette par inadvertance et refusai qu'on les sorte de là ; nous les abandonnâmes donc dans les toilettes des femmes du centre commercial, et tandis que nous nous dirigions vers la voiture, elle insista pour me tenir la main en sanglotant. J'avais tellement regretté. Le lendemain, nous achetions une autre paire, mais je ne me doutais pas à quel point on pouvait être pris de remords quand on a brisé le cœur de sa fille. L'entaille était légère, mais je me jurai de faire plus attention.

13.

Je trouve une nouvelle façon de parler de Léa avec ma mère : « Elle est si sérieuse. Elle étudie des heures chaque jour. Elle stresse pour les contrôles. Je lui dis : “Arrête, sors un peu. Va voir des amies. Profite.” Elle est très sérieuse. Trop. »

Je guide ma mère dans un slalom entre les défauts de ma fille ; l’émerveillement est travesti en plainte. Son besoin exagéré d’ordre, sa difficulté à improviser. « Regarde son armoire ! Prête pour une inspection militaire. Regarde ses cahiers. » J’assène l’absence de vie secrète. « Elle me raconte tout. Tout. Ce n’est pas logique. » Je demande à ma mère : « Que va-t-il advenir ? Ma fille ne sait pas arrondir les angles. Tout est essentiel pour elle, il n’y a rien d’anecdotique, quels tracas lui réserve l’avenir ? Maintenant elle va bien, je me dis, maintenant elle surmonte, mais la vie ne devient pas de plus en plus facile. »

La plupart du temps, ma mère ne fait aucun commentaire. Elle change de sujet, et c’est ainsi que je comprends à quel point elle me connaît. Elle pourrait tout aussi bien me dire : « Allez, tais-toi. » Elle pourrait dire aussi : « Il te semble que Léa est unique, qu'aucune mère au monde n'a jamais aimé ainsi aucune fille. »

Je me souviens avec quelle facilité elle m'aimait lorsque je tombais malade, petite, comment elle me soignait, les traces que mes maladies laissaient dans ses orbites, sur les contours de sa bouche, et moi aussi je savais être sa malade. Mais le reste du temps, j'ignorais comment être la fille bien-aimée de ma mère, que faire pour y parvenir. Même si je lui avais toujours fait confiance, y compris lorsque je dénigrais ses propos, quand je l'agressais – « Tu ne comprends rien ! » – j'étais persuadée de l'exactitude de tout ce qu'elle pensait de moi, peu importait quoi, ça me constituait, il suffisait qu'elle le pensât.

J'avais changé. Ma mère m'intéressait autrement. En fait, seuls Meïr et Léa m'intéressaient. Je ne sortais pas le soir avec mes amies du studio, et quand des copains de l'école des beaux-arts Bézalel m'appelaient ou m'écrivaient, je les ignorais. J'avais également oublié mes amies d'enfance, je poursuivais mon chemin lorsque j'en croisais une dans la rue, et elle aussi hâtait le pas, c'était un accord tacite entre nous.

C'est peut-être lorsque Léa commença ses cours de danse que je fus capable de comprendre qui j'avais été et qui j'étais devenue. Je me rappelai mes années de danse classique, enfant – il faisait toujours froid ; la froideur du mur dans mon dos, du sol sous mes pieds, la froideur sournoise de l'immense miroir face auquel nous dansions –, et comment j'avais contemplé mes cuisses pour la première fois, et le renflement de mon ventre, comment j'avais appris à me méfier d'eux.

« Que penses-tu du cours de danse, Leïki ? »

Maintenant, c'était moi la maman. Des millions de petites filles dans le monde sont envoyées par leur mère à un cours de danse classique. Nous avions examiné ensemble la brochure des activités de la MJC pour étudier les possibilités. Le dimanche et le mercredi, de seize heures à dix-sept heures. Professeure : Natacha Kozachov. J'avais été impressionnée par la mention en gras indiquant que le cours incluait un accompagnement au piano.

« Ça te dit ? » avais-je demandé à Léa.

Elle avait acquiescé, puis posé sa tête sur mon épaule.

Impossible d'échapper au leurre des petites filles apprêtées, inventées par leur mère, des petites filles chez qui tout ce qui est attendrissant explique déjà les crises du futur. Les vêtements de danse classique d'un bleu poison et d'un rose collant, les adorables ventres mous et tremblotants dans le lycra, les bras brioches, le doux duvet du visage. J'ai connu les deux catégories : les petites sans entraves, qui sautillaient partout dans la salle de danse, et les autres, les timides, qui restaient dans les jupes de leur mère. Dans quelques années, elles aussi se croiseraient sans s'arrêter, elles poursuivraient leur chemin, elles seraient une poignée de silhouettes que le destin rattacherait à ce lieu, et cela suffirait pour les mettre mal à l'aise. Car face à ces filles, tout ce que le temps aurait provoqué sur le corps, le visage, les cheveux, se verrait de loin, toute cette vie d'adulte qu'elles ne chercheraient plus à deviner mais qui leur appartiendrait, avec les maris qu'elles auraient réussi à décrocher, les enfants à qui elles donneraient naissance, les maisons qu'elles parviendraient à acheter.

Moi aussi, je dansais autrefois jusqu'à ce que ma mère apparaisse dans l'embrasure, toujours en avance de quelques minutes, se postant pour me regarder. Moi aussi, je poursuivais jusqu'à la fin du cours, dansant devant elle dans une imitation de moi-même. Mais elle n'évoquait jamais ensuite avec moi ce qu'elle avait vu, ni en bien ni en mal.

Je l'ai déjà signifié : Léa était une petite fille sérieuse, prête au combat. Ma mère lui avait offert un tutu classique couleur ivoire dans le magasin le plus cher. Elle avait été la seule à se présenter sans collants pour le premier cours, mais nous étions équipées pour le suivant. Elle se remarquait de loin. Quel que fût le groupe où elle se trouvait, les professeurs la remarquaient, et cette fois aussi, elle prenait à pleines mains ce qui lui était offert, elle était présente. Présente, oui, c'était sa grande qualité. Et lorsqu'elle grandit et partit de la maison, loin de moi, il m'arrivait de rouler en voiture et de bifurquer sur un coup de tête, quittant la route principale pour des routes champêtres et vides traversant des forêts, des gorges, et quand je m'arrêtais malgré tout pour descendre du véhicule, lorsque j'errais sur ces collines au milieu de nulle part, je me heurtais toujours à ces couleurs. Les couleurs des petites filles du cours de danse. Un chausson d'un rose criard au pied d'un arbre. Des élastiques d'un rose fané fleurissant autour d'une souche. Un gobelet en plastique violet enterré à l'envers. Le vert d'un ballon, le jaune d'une bouteille d'huile, l'orange d'une gazinière. Tous les vestiges du ballet surgissaient là.

14.

Sur la photo qui est restée accrochée pendant des années au-dessus de mon bureau au studio, Léa et moi sommes affalées sur le canapé, captivées par la télé. C'est Meïr qui nous a prises. Nous regardons un documentaire sur des personnes amoureuses d'objets. Une femme amoureuse d'une attraction au Luna Park, un manège de chevaux qu'elle finit par acquérir alors qu'il n'est plus qu'une vieille ferraille. Longtemps après avoir cessé d'embellir ses enfants par tous les moyens, elle fait cette acquisition qu'elle installe au milieu de son jardin. Il y a beaucoup de métaux effleurés dans cette séquence. La femme se blottit contre les chevaux métalliques en étreignant leurs corps rouillés. Elle a un air heureux, et semble équilibrée par ailleurs en tout point. Elle a une coquette maison, un travail normal (quelque chose dans la ville d'à côté, à la municipalité) et de bons rapports avec ses voisins (sauf une, que la passion de sa voisine met très mal à l'aise). Dans le même documentaire, une autre femme, une Australienne, raconte qu'elle est tombée amoureuse de l'Empire State Building dans son adolescence. Il n'y avait pas de possibilité de cohabiter dans leur cas, ils avaient donc eu une relation à distance durant des années, mais elle venait de se décider à partir pour New York, avait loué un appartement non loin du building, et ils se voyaient chaque jour. Une autre femme s'était entichée d'un long tunnel en Suisse. Quant aux hommes du documentaire, ils faisaient absolument tous état de leur véhicule. Des hommes amoureux de leur voiture, ou de leur moto, avec une intensité folle. Prêts à tout faire pour elles. Tout, tout. Tout !

Après avoir regardé ce film, Léa et moi tombons également amoureuses d'objets et voulons nous marier avec eux. Il s'agit principalement d'objets en papier et en bois : de merveilleux cahiers, des boîtes parfaites, des animaux sculptés dans du balsa et ne pesant quasiment rien au creux de la main ; si légers qu'ils encouragent le corps tout entier à se détendre. Nous tombons amoureuses de produits pour faire luire, avons du plaisir dans les sons que produisent les blocs de caoutchouc, en particulier ceux à l'intérieur desquels de minuscules objets ont été insérés. La musique du papier bulle nous rend dingues, les craquements du chocolat Crunch nous font perdre la raison. « C'est divin », dit Léa. Elle a dix ans, et a commencé à user récemment des termes « divin », « waouh », « Dieu ». Je dis : « Cette pâte à modeler est l'amour de ma vie. » « Ce cahier est mon mari », dit Léa. « Je voudrais avoir des petits-enfants avec lui », dis-je. Au bout d'un moment, nous oublions que tout cela a commencé comme une blague, et nous voulons vraiment nous marier avec une guirlande de boules vertes et dorées que je lui ai offerte et que j'ai accrochée dans sa chambre. Avant le coucher, nous éteignons toutes les autres lumières et n'allumons que la guirlande pour contempler sa lumière froide, blotties ensemble dans le lit de Léa, si amoureuses. « Mon mari », dit Léa. « Mon fiancé », dis-je. « Nous allons accoucher de boules verts et dorés », dit Léa. « De boules vertes et dorées », je corrige. « J'y ai pensé, je veux des petites filles. »

15.

Ces années-là, Léa refusait de dormir en dehors de la maison. Elle faisait parfois des tentatives, elle passait l'après-midi chez une amie, puis m'appelait pour dire : « Yonit (ou Nili, ou Yaël) m'a invitée à dormir chez elle, je peux, hein, maman ? S'il te plaît, maman, tu dis oui ? » Et j'entendais la requête, la supplique dans sa voix, il fallait que je dise non, que je refuse pour lui permettre d'encaisser le verdict en râlant, soulagée. Elle avait si peur de dormir loin de son père et loin de moi, d'être dans une autre famille au cœur de la nuit – pour elle comme pour moi, l'obscurité ne recouvrait jamais les choses, au contraire, l'obscurité dévoilait les aspects les plus intimes d'une maison et d'une famille –, et chaque fois qu'elle restait dormir quelque part sans nous, sans moi, elle appelait en pleurant, réclamait que je vienne, que je la ramène à la maison. Puis elle se ravisait aussitôt, furieuse contre elle-même, s'en voulait du tracas qu'elle me causait, du dérangement, de l'inquiétude. Puis elle demandait de nouveau que je vienne, et se flagellait, non, c'était elle qui avait demandé à dormir en dehors de la maison, il fallait qu'elle en supporte les conséquences, « Ne viens pas, maman, je survivrai », et je venais, je venais toujours, j'allais toujours secourir ma fille de ses propres griffes.

Je détestais qu'elle passe la nuit chez des amies. Je dormais mal. Les trajets nocturnes pour la ramener à la maison, nous deux seules dans la voiture, son visage humide de larmes, sa répulsion à l'égard d'elle-même, étaient des trajets éprouvants, pesants. Nous montions l'escalier en silence et entrions tout doucement dans l'appartement. Meïr dormait déjà, je la dépêchais vers son lit, la bordais, déposais un baiser sur son front, et Léa disait : « Pardon, maman, je suis tellement désolée, qu'est-ce que je ferais sans toi, pardon, pardonne-moi. »

Même lorsqu'elle eut onze ans, puis douze, puis treize, et réclamait que je vienne dans son lit, qu'on s'emmitoufle dans la couverture pour papoter, je venais. Elle appelait ça « un coucher en profondeur ». « Ça fait longtemps que tu ne m'as pas mise au lit profondément, disait-elle. S'il te plaît, maman. » Je refusais très rarement. On bavardait une fois la lumière éteinte, et quand elle essayait de raconter quelque chose, de manière directe ou en prenant des détours, je m'efforçais de ne pas dire grand-chose, de ne pas poser plus de questions, et pour finir je disais : « Ce n'est pas facile, ce que tu m'as raconté, ça n'a pas dû être facile pour toi de le raconter, merci de l'avoir fait. » C'était nettement plus difficile en plein jour. Je ne me contrôlais pas, je savais qu'il fallait que je me retienne et je ne me retenais pas, et quand elle rentrait de l'école d'humeur maussade, mutique ou fâchée, et s'enfermait dans sa chambre, je la suppliais. « Ma douce, mon amour, raconte-moi. »

16.

L'été des pop-corn, des films débiles, des nombreuses amies et des fous rires, Léa passa beaucoup de temps avec Arza, une jeune fille aux grandes dents étincelantes, souriant en permanence, pleine d'énergie. Mais Arza avait une si voix douce qu'elle en était presque comique, et lorsqu'elle s'enfermait dans la chambre avec Léa, je pouvais entendre la façon dont la voix de ma fille s'adoucissait aussi. C'était une voix contagieuse, il semblait qu'elles allaient parler ainsi pendant des heures encore, et ne s'en lasseraient jamais. De temps en temps, j'essayais de les attirer à l'extérieur, mais elles refusaient poliment les goûters que je proposais, avant de s'aventurer dans la cuisine pour effectuer une descente sur le réfrigérateur, où elles s'abandonnaient aisément à tout ce qu'il était possible d'avaler sans effort ou sans avoir à le réchauffer.

J'étais impressionnée par Arza. Sa politesse non feinte. Son éternelle bonne humeur. Comment cette jeune fille avait-elle poussé ? Dans quel type de maison, et avec quelle sorte de parents ? Contrairement aux années précédentes, où je connaissais les mères de toutes les amies de ma fille, ces dernières semblaient désormais être les filles d'un présent éternel, et donnaient l'impression d'avoir été créées ex nihilo, comme si elles s'étaient auto-engendrées. Elles allaient et venaient seules, réglaient leurs affaires entre elles, avaient encore un pied dans l'enfance, mais leur ombre appartenait déjà aux femmes qu'elles allaient devenir. Cet été-là, je guettais l'occasion de jeter un coup d'œil à la mère d'Arza, et lorsque je l'aperçus brièvement, lors de la journée portes ouvertes du lycée, j'eus l'impression qu'elle ne savait pas aimer sa fille mieux que moi, mais que sa fille savait pourtant mieux comment s'aimer. Je mourais d'envie de savoir si elle, la mère, était ouverte au bonheur de la même manière que sa fille, et j'essayais parfois de faire parler Léa de son amie. J'échouais. Une seule fois je faillis réussir. Elle venait de mentionner la gaieté incroyable d'Arza et avait dit quelque chose d'un peu ambigu à ce sujet. Elle ne savait peut-être pas comment le formuler précisément.

Cette année-là – je m'en souviens parce que j'avais vu une fois les bras d'Arza, et j'avais vu qu'elle agissait de même –, Léa se transforma en une sorte d'ardoise, notant tout au dos de ses mains, dans ses paumes, sur ses chevilles, à l'intérieur du bras, le long des veines – des noms, des chiffres, des listes, des pense-bêtes. Pourquoi ? On manquait de papier ? Si je lui en faisais la remarque, elle haussait les épaules, pour indiquer que c'était mon problème. Mais lorsqu'elle était seule et entrait dans sa chambre, elle continuait de tourner son visage vers moi comme si elle attendait que je vienne, et qu'elle le désirait.

Maman.

Je m'asseyais près d'elle. Un bref câlin, un baiser. Je savais me lever pour y mettre fin. J'avais en mémoire la façon dont le monde envahit les jeunes filles, sans délicatesse, sans y aller par paliers. Je me souvenais comment à son âge j'avais moi-même été comme un livre ouvert à tous vents, le feuilletant n'importe comment pour un rien, sans savoir à quelle page m'arrêter. Je comprenais pourquoi, le soir, elle attendait que je sois sur le point de sortir de sa chambre pour chuchoter de nouveau, pour elle mais également pour moi, un timide « Bonne nuit, maman ». Je l'entendais. Je savais que c'était ainsi qu'elle s'entraînait à nous protéger.

17.

Jusqu'à quel âge tournoya-t-elle autour de moi toute nue ? Douze ans ? Treize peut-être ? Avec quelle facilité se tenait-elle devant moi pour que j'examine une rougeur sur l'aisselle, ou bien se cambrait-elle de profil pour que je sois impressionnée par sa poitrine qui poussait, ou bien se plaignait-elle devant moi : « Neuf filles ont déjà eu leurs règles dans ma classe, qu'est-ce qui se passe ? »

Je guettais l'instant du changement. Je me souvenais comment je protégeais ma poitrine avec des ruses où se mêlaient le tissu et mes bras dans les vestiaires de la piscine, lorsque j'étais ado, et comment je m'efforçais de cacher mes inquiétudes à ma mère, le sang qui s'écoulait, l'ombre de la moustache qui me torturait, l'asymétrie de mes seins. Léa ne savait pas encore faire de différence entre elle et moi, elle me montrait tout, me faisait participer à tout, et permettait tout, c'est pourquoi je fus choquée lorsqu'elle sortit de la douche un soir, enveloppée dans une serviette, et que j'entraperçus au bas de son ventre une toison brune.

« Quoi ? » avait-elle demandé.

Menue, fluette. Une gamine. Des cils mouillés et collés les uns aux autres comme ceux d'une poupée.

« Quoi, *quoi* ?

— Vous avez l'air bien pâle, madame.

— Que nenni. Tu es en train de tout tremper. Essuie-toi vite. »

Je surveillais et j'épiais, je connaissais tout d'elle, pourtant elle pouvait changer en une nuit, carrément sous mon nez. Toute ma vie j'avais vu des jeunes filles dont seule l'adolescence enveloppait le corps d'un attrait, dont l'âge était le seul atout, et je m'inquiétais, mon cœur se serrait à la vue de son ventre creux, de ses bras friables, des clavicules légèrement rentrées pour protéger une poitrine qui pointait à peine. Son corps exhalait à présent des odeurs fortes dont je devais lui donner conscience sans la blesser, trouver le ton juste pour lui dire de se doucher, de changer de vêtements, de se brosser les dents. « Surtout, ne pas faire de mal », me disais-je.

« Va te doucher avant que je m'évanouisse. »

« Ces chaussettes, ce sont des armes chimiques ou bactériologiques ? »

« Brosse-toi les dents, tu mets l'environnement en danger. »

J'exagérais souvent afin de minimiser, et ma fille si cool acceptait tout cela en ricanant, elle sortait de la salle de bain et me soufflait son haleine ou agitait ses bras devant moi. « C'est comment, maintenant ? »

J'aimais tout chez elle, et je pensais que s'il m'avait été donné de fabriquer ma propre fille, je n'aurais pas pu penser à toutes ces choses qu'elle contenait, je n'aurais pas su les demander, et je la prenais encore avec moi au studio parfois, et me promenais avec elle de bureau en bureau pour que tout le monde la voie, les graphistes, les secrétaires, les filles de la compta, toutes celles qui étaient prêtes à s'émerveiller sur combien elle avait grandi, embelli, combien elle était fascinante, ses yeux transparents, ses cheveux gorgés de soleil, son visage, son corps fin et longiligne. « Elle est hors la loi, disaient-elle, c'est quoi cette beauté, c'est carrément illégal », et elles la couvraient d'éloges, lui proposaient toutes sortes de choses, des chips et des sucreries, des crayons de couleur, des feuilles et des carnets, et elles lui rappelaient – il y en avait toujours une pour le lui rappeler – comment elle était à trois ans, ou un peu plus, quand je l'avais amenée à l'inauguration du studio, et nous nous étions pressées dans une pièce autour d'une table couverte de beignets, tenant des gobelets en carton remplis de vin, et elle avait chanté pour nous, elle s'était juchée sur une chaise pour chanter « Bougie, ma petite bougie », de sa grande voix forte, sa voix qui pouvait transpercer le brouillard, que j'aimais tant, et qui m'embarrassait aussi parfois. En aucun cas je n'aurais pu la pousser à refaire une chose pareille, se tenir devant les autres et chanter seule, si brave, si entière, et elle-même ne parvenait pas à se souvenir de la petite fille qui savait se tenir et chanter ainsi, qui rayonnait en entendant les applaudissements, elle ne se souvenait pas de cette petite fille, comme si elle ne l'avait jamais rencontrée, comme si le temps écoulé l'avait complètement changée. Mais ce n'était pas ce qui me mettait désormais en colère lors de ses passages au studio. J'étais simplement stupéfaite de son refus de charmer de nouveau mes connaissances. Elle répondait à peine aux questions de mes collègues, disons le strict minimum, et quand nous croisions dans le couloir quelqu'un que je connaissais parmi le personnel de l'université, elle se taisait totalement et verrouillait tout accès à son charme, pile au moment où je voulais l'exhiber aux yeux de tous. Elle ne tirait pas de plaisir de l'affection des adultes qui comptaient pour moi et refusait de se lier à eux alors que moi, pendant mon adolescence, j'avais été conduite dans les couloirs de l'hôpital par ma mère, j'avais souri aux médecins, aux infirmières, au personnel de direction, répondant longuement à chaque question, gagnant ainsi mon pain quotidien.

18.

Cet été-là, pour la première fois durant toutes ses années de danse classique, Léa fut mise à l'écart du spectacle de fin d'année. J'entends par là que les années précédentes, elle avait été Clara dans *Casse-Noisette*, Odette dans *Le Lac des cygnes*, Dorothy dans *Le Magicien d'Oz*, tandis que cette fois – je n'avais pas compris exactement, elle avait tout raconté en marmonnant, comme si elle s'en fichait –, cette fois elle avait hérité d'un rôle complètement anecdotique, autant dire de rien. « La fée quelque chose », avait-elle dit en ricanant. « J'ai une robe de chiffon, et un panier avec des chrysanthèmes en plastique. » Elle avait levé les yeux au plafond en déclamant, dans un tremblement suppliant : « Monsieur… Madame… Ma mère est aveugle et mon père est mort… Achetez un chrysanthème en plastique à une pauvre jeune fille… »

J'avais ri. Mais j'avais été meurtrie par sa déception. Que s'était-il passé ? Elle dansait depuis cinq ans et n'avait jamais raté aucun cours. Douée, elle illuminait la scène, et nul n'avait un corps aussi disposé à la danse que le sien, il fallait entendre la façon dont sa prof chantait ses louanges chaque fois que je la croisais. Que s'était-il passé ?

J'avais glissé à mon bras un panier de fleurs imaginaire et m'étais adressée comme elle au plafond : « Une mère complètement aveugle et si jeune… Trois fleurs pour vingt-cinq pfennigs. Dieu vous bénisse, ma chère dame… »

Léa avait ri. Je l'avais embrassée. « Tu vas bien ? » avais-je demandé. Elle avait haussé les épaules. Je savais combien elle était déçue et lui avais dit : « Ça va, tu as le droit de te sentir ainsi », et elle avait répondu : « C'est bon, maman, laisse tomber. » Et j'avais continué : « Ce n'est pas grave, il y a des déceptions parfois », et elle avait dit encore : « Maman, je t'ai dit de laisser tomber. »

Le spectacle avait été si décevant. « Tout semblait durer des plombes, c'était mou », avais-je dit à Léa.

Mais elle-même y avait pris beaucoup de plaisir. Elle raconta avec enthousiasme les ratés de la soirée, les sauvetages à la dernière seconde, et comment elles avaient eu des fous rires en coulisse. Elle dit : « Natacha a été adorable, elle n'a râlé sur aucune de nos erreurs. »

J'avais hoché la tête. Mais cela me rendait furieuse qu'elle n'en veuille pas à sa prof, qu'elle accepte d'être mise à l'écart avec tant de facilité.

19.

L'essentiel est de ne pas manifester un intérêt trop grand pour la vie secrète des enfants – je le savais. Ne pas manifester d'enthousiasme. Je savais que de nombreuses habitudes que nous avions prises Léa et moi dans son enfance étaient là pour un temps compté, et que son adolescence arriverait et l'emporterait dans le fleuve tumultueux de la biochimie, une compréhension distordue de la réalité, et une attention mal répartie. La moindre petite remarque que quelqu'un lui ferait se transformerait en centre de l'univers, en soleil au cœur du Système solaire – toutes les futilités atroces des jeunes filles.

Mais même durant ces années-là, à treize ans, à quatorze ans, je l'embrassais encore et la serrais contre moi sans fin. Dans le lit, au coucher, j'embrassais ses cheveux et son visage en disant : « Je te plains, vraiment je te plains, tu ne pourras jamais sentir cette odeur, là, précisément, et j'enfouissais mon nez dans le creux de son cou. Comment sauras-tu ce que tu rates ? » demandais-je, et Léa ricanait : « Maman, qu'est-ce qu'on va faire de toi, tu es folle. » Mais elle était satisfaite, nous faisions encore confiance à nos rituels. Ou bien j'entrais dans sa chambre le soir – elle avait déjà quatorze ans et restait branchée à ses écouteurs –, posais ma main sur sa tête, puis ôtais délicatement les écouteurs, geste intime qui la ramenait au monde, et de sa voix mi-enfantine, mi-râleuse elle lâchait « Hé, maman ». C'était une disponibilité brève dont je profitais jusqu'au bout. Je lui disais : « C'est juste comme ça, tu me manquais », et je m'asseyais à côté d'elle sur le lit. « Je me suis languie de ma fille, j'ai le droit ? C'est légal ? » Et Léa soupirait, même si elle n'était pas encore si épuisée par son adolescence. Elle se mettait sur le dos, me tendait les bras en disant : « Tu es venue au bon moment, je distribue justement des câlins gratos. »

Durant les semaines qui avaient précédé le spectacle, durant les nombreux jours qu'elle avait consacrés aux répétitions, j'avais été tracassée, et je passais de longues heures au lit l'après-midi, puis me relevais la nuit, en proie à l'insomnie. Je détestais soudain dormir dans l'obscurité. J'avais peur des jours qui s'écoulaient. J'aimais rester éveillée tandis que Meïr et Léa dormaient, j'étais alors seule sans solitude, je n'éprouvais plus l'ombre d'une inquiétude, je pouvais à tout instant me poster au-dessus de leur lit et entendre leur respiration. Mais j'étais de plus en plus fatiguée le matin, et Léa en souffrait. Je ne l'embrassais plus à son réveil, j'étais prompte à me fâcher lorsqu'elle rentrait le soir, j'avais un mouvement de recul lorsqu'elle posait sa tête sur mon épaule devant la télé, mais elle ne lâchait pas l'affaire, elle attendait quelques instants avant de réessayer. J'étais désolée pour elle. Je m'occupais de moi, je savais ce que je devais faire. Je refusais de revivre ce que j'avais enduré l'été de mes vingt-sept ans, ou durant les mois de grossesse trois ans plus tard, ou encore pendant les sept semaines passées au lit lorsque Léa avait quatre ans. Je me levais chaque matin, j'allais au studio, et rentrais rarement à la maison au beau milieu de la journée. Je montais l'escalier bruyamment, faisais tinter le trousseau de clés, tournais avec force la clé dans la serrure. J'avais peur de tomber sur Meïr, nous en étions là. Je comprenais parfaitement la détresse d'une femme dans un livre que j'avais lu. Son mariage avait commencé à décliner immédiatement après qu'elle avait croisé de manière inattendue son mari dans la rue, en plein jour, dans la ville d'à côté. En fait elle avait – ils avaient tous deux – des raisons innocentes et de vraies explications pour justifier leur présence là, et lorsqu'ils s'étaient arrêtés l'un en face de l'autre, il avait semblé que cette rencontre était même assez drôle, mais le mariage avait plié sous le poids. Une rencontre si hasardeuse, en plein jour, en dehors du narratif de leur vie qu'ils connaissaient par cœur, jusqu'à la nausée. Je me souvenais de ce couple et je marchais dans l'appartement bruyamment, claquant la porte, annonçant mon arrivée à l'espace vide. Mais au bout de quelques mois j'avais récupéré, et je ne fus plus jamais faible, pas même une seule fois.

Au début de l'été, je rencontrai par hasard Natacha dans la rue. Petite accolade. « Comment ça va ?

— Et toi ? » J'étais en colère contre elle et je pensai : « Elle le sait très bien, on ne peut pas faire semblant. »

« Tu as une mine superbe », dit-elle.

Je ne minaudai pas pour autant. Je pensai : « Je ne vais pas entrer dans ton petit jeu, Natacha », et répondis d'une voix aigre :

« Merci.

— Je voulais t'appeler.

— Oui ?

— Je n'ai pas compris ce qui s'est passé. Léa connaissait déjà son rôle, elle était une parfaite Hermia, et soudain, *pfuit*… »

Je lui fis comprendre d'un regard qu'il n'y avait pas une chose qu'elle savait sur ma fille et que j'ignorais.

« Je lui ai parlé. J'ai essayé de comprendre. J'ai pensé qu'il s'était passé quelque chose, il s'est sûrement passé quelque chose. Elle s'est obstinée. Elle a dit qu'elle resterait, mais juste pour un petit rôle. En aucun cas le rôle principal. Elle ne voulait pas. »

Je hochai la tête.

« Mais pourquoi ? demanda Natacha.

— On ne peut pas tout expliquer. En particulier à cet âge.

— C'est tellement dommage. J'espère qu'elle se repose un peu à présent, qu'elle profite des vacances et nous reviendra avec des forces renouvelées.

— Oui, répondis-je. Elle va se reposer un peu et va revenir à elle-même. »

Nous nous fîmes de nouveau une légère accolade, en guise d'au revoir.

20.

À mon retour de Hollande, Art est venu me chercher à l'aéroport. Je n'avais rien demandé, mais ça lui semblait couler de source. Nous sommes ensemble depuis quelques mois, et avant même que je n'entame ce voyage, il m'avait déjà demandé les détails sur mon vol de retour. « Je viendrai t'accueillir, Yoëlla, tu n'es pas seule. »

Meïr et moi ne venions pas nous accueillir mutuellement dans les aéroports. Nous ne préparions pas un café à l'autre quand nous en préparions un pour nous-même. Nous le faisions avec plaisir si cela nous était demandé, bien sûr. Mais je veux dire que nous n'avions pas l'idée de le proposer. Lorsque je m'étais retrouvée en panne d'essence sur l'autoroute sans une goutte dans le bidon de réserve, je ne l'avais pas appelé. Il m'en avait fait le reproche par la suite. Il serait venu aussitôt, avait-il dit, c'est mortellement dangereux de s'arrêter sur le bas-côté, hein, qu'est-ce que je croyais ?

C'est vrai, je ne saurais dire ce que je pensais. Je ne devinais jamais ses attentes.

Mais lorsque Léa et moi rentrions de nos petites escapades en Europe, il était toujours là. Nous avancions vers le hall d'arrivée en regardant autour de nous, avec la crainte qu'il ait oublié, mais il venait toujours, et Léa se précipitait dans ses bras. Lorsque je les rejoignais, il m'attirait toujours d'un bras ferme pour que je participe au câlin, il mettait toute sa poigne à nous coller tous les trois.

21.

Nous habitions non loin de l'université où nous travaillions, Meïr et moi, et Léa avait fait sa rentrée au lycée qui se trouvait à vingt minutes en voiture de chez nous. Outre notre famille et Ora, il y avait dans notre immeuble deux couples de personnes âgées résidant là depuis longtemps, tandis que dans les deux autres appartements, qui étaient en location, les locataires changeaient quasiment chaque année. La plupart du temps, il s'agissait d'étudiants qui ne comprenaient pas que la nuit avait la capacité d'intensifier les sons, et qui montaient ou descendaient l'escalier à des heures incongrues ; mais pendant deux ans, ce furent les Middelburg qui habitèrent dans l'un des appartements.

C'était une jeune famille meurtrie et dézinguée. Il y avait là deux tout petits enfants, un garçon et une fille, et ils hurlaient tous sans fin, surtout le père que nous entendions chaque matin, et le soir parfois, en particulier lorsque sa voix grimpait dans les aigus. Pourtant, c'était la mère qui me faisait vraiment peur. Elle pétait rarement les plombs, mais lorsque le flot de ses cris se tarissait, un lourd silence d'une tristesse insupportable envahissait la rue. Elle hurlait parfois sur le petit, en particulier lorsqu'il refusait de s'habiller ou de lui obéir, mais la majeure partie de son désespoir était dirigée vers sa fille, que nous n'entendions jamais. Il n'y avait que le cri déchirant de la mère : « Ça suffit, laisse-moi, ça suffit. »

De loin en loin, ils étaient soudain pris de bonne humeur et sortaient tous quatre pour une promenade dans le quartier. Ils bavardaient en mangeant des esquimaux glacés achetés au kiosque du coin. Il n'y avait aucun moyen de comprendre ce qui déterminait la nature de chaque jour, ils semblaient ne vivre que pour eux-mêmes, selon un principe qu'ils étaient les seuls à connaître.

Ils déménagèrent au bout de deux ans, laissant près de la poubelle quelques tasses, une poêle, une toile cirée, et plusieurs vieux livres pour enfants, usés jusqu'à la corde.

Le matin, nous sortions autant que possible de la maison ensemble pour nous diriger vers l'arrêt de bus situé sur le carrefour. Léa s'asseyait en attendant le ramassage scolaire, tandis que Meïr et moi poursuivions plus au nord, sur la route qui menait au campus. Je redoutais ce moment, cette demi-heure durant laquelle j'attendais que Léa arrive à destination et m'envoie un SMS, et lorsqu'elle oubliait de le faire, je me torturais d'angoisse. Meïr perdit patience une seule fois. « C'est une ado, dit-il sans élever la voix. Elle arrive au lycée, elle croise une amie au portail, plus rien n'existe et elle oublie de te prévenir, laisse-la tranquille. »

Je lui donnai raison. L'inquiétude est une camisole de force, tout comme l'amour. Je lui promis de mieux me contrôler. Mais je veillais quand même, y compris lorsqu'elle était hors de mon champ de vision, je ne sais pas sur quoi exactement. Disons que je faisais attention, et c'était une attention magique, proche de la superstition ; je savais que si je faisais attention à chaque chose, Léa rentrerait. J'entendrais ses pas dans l'escalier. La porte s'ouvrirait sur elle. Comme j'étais étonnée chaque fois de nouveau – pas par son retour, mais parce qu'elle était plus réelle que tout ce dont je pouvais me souvenir. Sa voix, son odeur, ses gestes, ses manières. Il arrivait qu'elle se plantât devant moi, et, alors qu'elle parlait encore, elle se disloquait soudain, bras, jambes, cheveux ici et là, elle devenait plus brumeuse, plus floue, et je pensais : « Je ne me souvenais pas d'elle ainsi, pas à ce point. » Ou bien lorsque Arza et elle rentraient du lycée chez nous, surgissant dans une sorte d'onde de choc adolescente, bougeant autour de moi tels des jets de couleur, ou des objets jetés par la fenêtre dans une voiture roulant vite, en particulier Arza, que je ne pouvais jamais choper à l'arrêt, et même Léa, même Léa ne s'arrêtait pas.

Je les épiais. Les quantités de sarcasme qu'elles avaient appris à disperser. La sincérité grandiose (oui, grandiose, je n'avais pas d'autre mot) avec laquelle elles parlaient de leur corps, de leurs sentiments, de leurs loyautés.

« C'est exaltant, se disaient-elle mutuellement. Oh, c'est tellement exaltant.

— Mon Dieu.

— Écoute-moi.

— Je t'écoute.

— J'ai eu tout bonnement un jour divin.

— Pas ici, mon amie. Ici nous avons eu une pauvre journée. Tout bonnement pauvre. »

Des mots anciens migraient des faubourgs de la langue jusqu'au cœur de leurs propos pour s'y régénérer. Et puis il y avait la facilité avec laquelle elles témoignaient de leur amour l'une pour l'autre et de leur admiration et tout et tout…

« Ma belle.

— Ma parfaite.

— Ma vie. »

Leur manière de touiller dans la vie sentimentale de l'autre. Leur mobilisation infaillible pour aimer ou détester ensemble Untel ou Unetelle pour une phrase, pour de l'amour donné ou repris, pour de la gentillesse, de la méchanceté.

J'avais quelques souvenirs d'adolescence de cette chose-là, je savais comment les jeunes filles s'entortillaient mutuellement dans des toiles tissées de sentiments puissants et flous, j'étais moi aussi tombée autrefois amoureuse de mes amies, et elles de moi, mais je décryptais plus progressivement d'autres aspects dans le comportement de Léa et d'Arza. Le monde leur parvenait autrement qu'il ne me parvenait à leur âge, elles absorbaient d'autres fardeaux, Internet ne cessait d'abattre pour elles des cloisons, elles avaient développé un sens de l'orientation sournois dans l'espace tout en effaçant leurs traces. Je ne pouvais savoir ce qu'elles comprenaient exactement, de quelle manière, et si on leur avait causé du tort. C'étaient d'autres créatures, une espèce nouvelle, et en même temps, des jeunes filles semblables aux jeunes filles de tout temps. La terre sur laquelle elles avaient été déposées effectuait encore sa rotation dans la même direction et à la même vitesse, et le soleil continuait de se lever, et le soleil continuait de se mouvoir, *et toutes les paroles se lassaient*[1].

Elles débattaient désormais à voix haute de la pilosité de leurs membres et de leur visage. De la largeur de leur taille. De la stupidité de leurs orteils. Elles s'affublaient mutuellement de surnoms tordus, toujours par affection. Elles parlaient comme si elles avaient conceptualisé l'ironie, comme si elles avaient inventé la capacité de dire une chose pour signifier son contraire.

« Regarde-moi. J'ai un monosourcil. Je fais peur aux enfants dans la rue. Je suis un dragon, voilà.

— Toi, un dragon ? Toi ? Alors je suis quoi, moi ? "Bienvenue dans la Forêt-Noire" ?

— Qu'est-ce que t'es bête. Tu es parfaite. Mais juste bornée. »

Ça m'agaçait. Arza m'agaçait. Je ne voulais pas entendre tout ça. Elles tombaient un peu amoureuses de chaque garçon qu'elles détestaient, et détestaient un peu chaque garçon dont elles étaient amoureuses ; elles ne sortaient jamais sans un soutien-gorge ridicule destiné à affirmer leur féminité tout en la dissimulant, comme dans un livre que j'avais lu une fois, l'histoire d'une pauvre femme dont la vie ne ressemblait en rien à la mienne, et j'avais pourtant éclaté en sanglots en découvrant le passage sur ses seins qui avaient commencé à pousser soudain, à onze ou douze ans, des seins qu'elle avait eus *trop jeune*, auxquels elle n'avait *pas droit*, qu'elle était obligée de porter

1. L'Ecclésiaste I, 8. (*Toutes les notes sont de la traductrice.*)

jusqu'à l'école où elle était élève, puis de ramener dans son quartier, jour après jour.

« Tu es ma vie.

— C'est toi, c'est toi ma vie. »

Je les écoutais. Je surveillais ce que mangeait Léa, et en quelle quantité. Il ne fallait pas qu'elle s'affame. Il fallait qu'elle dorme bien. Aucune des oscillations les plus infimes de son humeur ne m'échappait. Sa voix. La lumière et l'ombre dans son regard. Elles étaient toutes deux superbes, mais la beauté d'Arza était exubérante, envahissante, elle surgissait toujours dans la pièce avant elle, transfigurant tout sur son passage, tandis que la beauté de Léa se dévoilait plus lentement et pouvait passer inaperçue.

« Magnifique.

— Non, toi, toi. Tu es la plus belle au monde.

— Tu es parfaite.

— Tu es le diadème de la Création.

— Ha ha ha. »

Elles exagéraient sans fin, et en même temps elles ne supportaient aucune exagération autour d'elles, et quand je voulais leur raconter quelque chose ou que je m'émerveillais de Léa en présence de son amie, ou que je reconstituais devant elles n'importe quel événement, je me faisais aussitôt accuser :

« C'était pas du tout comme ça.

— Non ?

— T'as exagéré de ouf.

— Vraiment ?

— Mais à un point ! »

Et Léa m'enlaçait devant son amie en disant : « Ma mère est la mytho du siècle », à quoi Arza répondait : « La mienne est la mytho du millénaire », et nous riions, tout se passait dans la bonne humeur. Mais ça ne m'empêchait pas de la croire, au fond ; j'étais persuadée que je ne savais ni raconter ni comprendre, comme s'il fallait que je doute de moi dans ce domaine aussi. Pourtant je continuais d'engager avec elles la conversation jusqu'à ne plus supporter Arza dont j'espérais le départ, et elle le sentit un jour, elle le comprit, et c'est pour cela, plus que pour toute autre raison, que je fus punie.

22.

Collées l'une à l'autre, ma fille et son amie regardent des vidéos dans sa chambre. Je sais ce qu'elles regardent, ce sont des choses innocentes, beaucoup de musique, de shopping, de mode, mais j'ai compris depuis longtemps qu'il n'y a pas que l'obscurité qui est tapie en embuscade pour Léa, le monde est inondé d'une merveilleuse lumière blanche qui aspire la force des jeunes filles. Elles affectionnent en particulier les vidéos culinaires où les ingrédients surgissent de nulle part pile au moment où l'on en a besoin, où les mains qui cuisinent n'ont pas de visage, seulement une voix. Je pose sur la table près d'elles un bol avec des fruits que j'ai coupés et sors très vite de la chambre, sans refermer la porte derrière moi. Plus elles regardent des plats appétissants du monde entier, moins elles mangent.

Léa continue de danser deux fois par semaine l'après-midi, dans un centre artistique à dix minutes de chez nous en voiture. Meïr est persuadé que maintenant qu'elle a quatorze ans, elle peut y aller et rentrer par elle-même. « Il y a des bus », dit-il, et il indique les trajets possibles sur une carte qu'il a imprimée. Pour éviter une dispute, je me vexe et lui dis qu'il aurait dû me demander d'abord. En plus, l'hiver est déjà là, c'est pas le moment de traîner pendant des heures dehors. Nous nous taisons tous deux. Meïr hoche la tête. C'est notre façon à nous de nous disputer. Il finit par dire : « Je n'ai nullement l'intention de continuer à l'accompagner », et je réponds : « J'ai compris, je le ferai, c'est pas un problème pour moi. »

Pourtant il y a un problème. Je l'accompagne au centre à l'heure dite, mais au lieu de partir quand elle pénètre dans le bâtiment, j'entre dans le parking et coupe le contact. Je rallume le moteur de temps à autre pour me réchauffer, ou pour écouter les infos. Léa sort deux heures plus tard, sa silhouette longiligne éclairée par les réverbères clignote dans le brouillard. Je mets le contact et lui fais un appel de phares, elle accélère le pas, perdant à chaque foulée la matière dansante emmagasinée pendant le cours.

Meïr revient à la charge au début de l'été. « Tu fais erreur. C'est important pour elle que tu lui fasses confiance. C'est important qu'elle découvre son autonomie, qu'elle sache se rendre seule là où elle doit aller, qu'elle revienne seule, qu'elle connaisse un peu le monde extérieur et sache où elle se trouve. » Mais il laisse très vite tomber, et je continue de la conduire aller-retour, chaque semaine, pendant des mois. L'hiver suivant est moins rude, il arrive pourtant que Léa entre dans la voiture en entraînant avec elle un halo si froid qu'on pourrait croire qu'elle est tombée directement du ciel dans la chaleur du véhicule.

Arza ne danse pas, elle est dans une chorale. Parfois, lorsque toutes deux sont chez nous, affalées sur le canapé, elle entonne une mesure sur laquelle elle s'exerce en poussant jusqu'à une voix de fausset, et Léa éclate de rire. Contrairement à sa voix parlée, la voix chantée d'Arza est posée, envoûtante, elle sait comment en user, et c'est peut-être pour cela que je suis embarrassée par le rire de ma fille, qui donne son affection à son amie sans se douter du stratagème, et s'affaiblit à cause d'elle. Je suis inquiète pour Léa car, à présent, elle sait des choses sans les comprendre. Et c'est peut-être le moment où il me vient à l'esprit que ma fille est un brin hypocrite. Que j'ai discerné chez elle quelque chose que je ne pourrai pas apprendre à aimer.

23.

L'été entre la classe de cinquième et la quatrième, une nouvelle famille emménage dans l'immeuble en face de chez nous. Léa et moi contemplons de notre balcon le camion de déménagement qui pénètre dans le parking en marche arrière. Un jeune garçon en marcel bondit du siège conducteur sur le trottoir, longe le camion et ouvre la porte arrière. Il saute à l'intérieur du véhicule, réfléchit un moment, puis dépose deux escabeaux sur le trottoir, quelques affiches de dessins animés sous verre, un tas de couvertures en laine et un fauteuil roulant. Je pense en mon for intérieur : « Un jeune couple, deux enfants, une grand-mère. »

Je suis de repos, j'ai promis à Léa qu'on irait lui acheter un sac à dos et des cahiers pour la nouvelle année scolaire et qu'on irait manger dans un restaurant indien qui vient d'ouvrir et sur lequel on a lu une bonne critique. Contrairement à moi qui, de toute mon enfance et mon adolescence, n'ai été que dans deux restaurants du quartier est de la ville, ma fille connaît de nombreuses cuisines – japonaise, italienne, française, thaïlandaise. Notre glacier préféré se trouve dans la même rue que l'indien, nous irons prendre une glace ensuite. Tout est simple et pratique, nous sommes encore sur le balcon, je tends le bras pour la serrer contre moi. La seule chose qui enlaidit cette journée est la météo : il fait horriblement chaud.

Un break familial pénètre dans la rue et se gare près du camion. Grand, maigre, le conducteur sort du véhicule, se dirige vers le fauteuil roulant et bloque les freins. Puis il retourne vers la voiture, prend sa fille dans les bras – je suppose que c'est sa fille –, une petite de onze ou douze ans aux boucles claires qui tient un livre entre ses mains, et il l'installe délicatement sur le fauteuil. Il lui dit quelque chose, elle hoche la tête. Le père caresse le front de la fillette et pose sa main gauche sur le clavier noir intégré à l'accoudoir. La fillette sourit, effleure d'un doigt le boîtier noir, le fauteuil pivote légèrement. Quand j'étais petite, on observait de la cour de l'école l'établissement scolaire médicalisé qui se trouvait de l'autre côté de la route, et alors déjà, dans ma tête, j'avais fait le lien entre les fauteuils roulants et les membres distordus des enfants, les enfants et les fauteuils ne faisaient qu'un, et même là, trente ans plus tard, la peur me submerge.

Il n'y a personne d'autre dans la voiture, pas de mère, pas de frère. Le père s'adresse au conducteur du camion et tous deux parlent fort, je ne parviens pourtant pas à intercepter ce qu'ils se disent. J'oublie Léa à mes côtés, j'oublie littéralement son existence. Le père et le chauffeur disparaissent dans le camion, la petite fille bouge de nouveau un doigt, et le fauteuil pivote sur lui-même, encore, encore, de plus en plus vite, et tandis que je plisse les yeux pour voir clairement la scène, le père jette un coup d'œil de l'intérieur du camion et lance à sa fille : « Yoëlla, stop ! »

Mon regard est attiré par Léa, tout près de moi. Elle baisse la tête avant d'éclater en sanglots. « Mais qu'est-ce qui se passe, Léa ? Qu'est-ce qui se passe ? Pourquoi tu pleures ? »

Elle n'a pas d'explication.

Le soir, sur le trajet de retour du restaurant, Léa se casse le bras gauche. À un moment elle marche près de moi dans la rue, et l'instant d'après elle est étendue par terre, le bras tordu selon un angle totalement inconcevable. Je préviens Meïr et ma mère, qui appelle aussitôt ses collègues de l'hôpital, et le lendemain matin, vêtus de charlottes et de blouses en papier ridicules, nous accompagnons tous trois Léa vers le bloc opératoire.

Léa est d'excellente humeur. Tout n'est qu'antalgiques et sourires. Je me remémore son réveil après une anesthésie lorsqu'elle avait cinq ans et avait subi une légère opération du tympan, combien il lui avait été difficile de remonter des profondeurs dans lesquelles elle avait plongé. Sa personnalité était revenue par paliers : d'abord la colère, puis la tristesse, la joie de vivre ne réapparaissant qu'à la toute fin. Cette fois, une amie médecin avec laquelle ma mère a travaillé pendant des années me rassure. « La plupart des enfants se réveillent de l'anesthésie dans le même état d'esprit que celui dans lequel ils y ont été plongés, dit-elle ; s'ils arrivent au bloc opératoire détendus, pourquoi ne se réveilleraient-ils pas ainsi ? Ta fille va très bien aller, je t'assure. »

Meïr et moi patientons en salle d'attente. J'ai l'impression qu'il m'en veut. Non, il n'est pas fâché, il essaie simplement de comprendre comment Léa a soudain glissé. J'explique de nouveau. Nous sommes sorties du restaurant et nous nous sommes dirigées vers la voiture. Elle a glissé, une nuée de gens nous ont entourées pour lui porter secours, et dans ce tumulte je n'ai pas pensé à ça, je n'ai pas pensé à vérifier, peut-être que quelque chose l'avait fait trébucher, une pierre sur le trottoir, une ornière. Puis il va nous chercher un café à la cafétéria, et nous attendons que l'infirmière vienne nous informer que notre fille a été transférée du bloc opératoire à la salle de réveil.

Dans l'avion pour Stockholm que j'avais pris avec Léa quelques années plus tôt, il y avait près de nous un garçon qui durant tout le vol n'avait pas quitté des yeux l'écran de radar allumé devant lui, le regard fixé sur la progression de l'avion dans le ciel, y compris pendant le repas. Il était resté cinq heures sans se lever, ni se détourner. Je m'étais demandé alors s'il s'agissait d'un dysfonctionnement psychique ou d'une forme de méditation, ou s'il s'était drogué en prévision du vol. À présent, je pense qu'il avait tout bonnement peur. Je feuillette pendant deux heures et demie un journal oublié sur une chaise et lis machinalement. Lorsque l'infirmière finit par réapparaître, j'ai le sentiment de revenir à moi, comme si je venais moi-même de me réveiller.

Nous nous tenons des deux côtés du lit de Léa. Quelques minutes auparavant, le docteur nous a parlé dans le couloir d'un ton paisible et pragmatique de médecin. On lui a posé deux vis. Les cartilages de croissance n'ont pas été touchés, mais de nombreux nerfs ont été atteints, ce qui peut conduire à envisager une hypertrophie dans la zone de fracture, ou au contraire une atrophie. « Tout cela s'éclaircira dans les mois qui viennent, dit-il tranquillement, il y aura un suivi, il ne sert à rien de perdre du temps avec des hypothèses et des suppositions. » Je remarque qu'il prend soin de nous regarder en alternance Meïr et moi durant la conversation, tout en attrapant délicatement mon bras pour manifester son soutien.

La fois précédente, en salle de réveil, Léa avait été gênée par les sons, par le moindre contact, c'est pourquoi cette fois nous nous contentons de lui sourire en silence sans l'approcher. Elle tourne la tête vers le mur pour pleurer silencieusement. Le train des substances anesthésiantes l'a conduite loin de nous, et l'a descendue à la mauvaise station sur le chemin du retour, à une distance trop grande d'elle-même. Ses pleurs finissent par s'atténuer, et elle s'endort.

Je passe la nuit sur un fauteuil à ses côtés. Je suis encore en colère lorsque je tombe sur l'amie médecin de ma mère. Pourquoi anesthésie-t-on un enfant lorsqu'il est apeuré, lui reproché-je, pourquoi n'essaie-t-on pas de le rassurer auparavant ? La doctoresse me sourit et continue de vaquer à ses occupations. Elle a déjà tout vu, tout entendu, elle est médecin, elle sait que, quoi qu'elle fasse, il est difficile de satisfaire les gens. Je me plains ensuite auprès de ma mère, lui dis que son amie est insensible, qu'enfant déjà elle me répugnait, c'est une horrible femme qui raconte des conneries, et je continue ainsi jusqu'à ce que ma mère se crispe et dise : « C'est bon, ça suffit, Yoëlla, c'est clair, j'ai compris. »

24.

Nous entrons dans une période où je n'ai pas la moindre idée de ce que je vais dire jusqu'au moment où je le dis, et je m'étonne souvent moi-même de propos que j'ignorais penser, et dont j'ignore pourquoi je les ai formulés. Mais je me détends lorsque Léa commence à se rétablir et retrouve l'usage de son bras. Pendant de longues semaines, le moindre effleurement dans la zone de la fracture la fait sursauter, précisément peut-être parce qu'elle ne peut pas vraiment ressentir son bras – l'absence de sensation est une sorte de sensation, comme une distorsion des sens –, mais elle revient à elle-même. Lorsque je pose un doigt sur la peau douce de l'intérieur de son bras, elle hoche la tête pour signifier qu'elle sent le contact ; pas comme par le passé, avant la fracture, mais ce n'est plus l'irritation insupportable qui agresse la moelle osseuse derrière des couches d'insensibilité. « Bien, dis-je, ça va dans le bon sens, tu pourras bientôt danser de nouveau », et Léa répond : « Maman, je voulais te dire, j'ai déjà prévenu Natacha.

— Je ne comprends pas.

— Je ne vais pas retourner danser, dit-elle. J'ai pris ma décision. »

J'attribue son état d'esprit déprimé à la crainte prolongée d'avoir mal. « Tu n'es pas obligée de décider maintenant, lui dis-je. Ce n'est pas le moment. Tu n'es pas en état de décider. Récupère pleinement, ensuite on verra. »

Mais le soir même, elle rassemble ses vêtements de danse, des dizaines d'accessoires accumulés pendant des années de ballet, et les dépose dans un grand sac devant la porte. « Embarque-les, OK ? » demande-t-elle, en faisant allusion au container de vêtements qui se trouve à deux rues de chez nous. Puis elle se ravise. « Je vais les porter moi-même », dit-elle, et elle sort aussitôt, tenant le sac de son bras valide, avant de revenir quelques minutes plus tard, les mains vides.

Durant l'année où elle a habité de l'autre côté de la rue, jamais nous n'échangeâmes un mot avec l'autre Yoëlla. Nous la croisions parfois l'après-midi, quand elle rentrait, je n'ai jamais su d'où exactement, déposée par le véhicule de ramassage et conduite chez elle via le petit chemin menant à son immeuble. Je n'ai jamais entendu le son de sa voix, et nous n'avons aperçu son père que quelques fois, lorsqu'il entrait ou sortait la nuit ; je me demandais alors avec qui la petite restait, qui la surveillait en son absence. Et un an après avoir emménagé dans le quartier, ils le quittaient.

25.

J'essaie de me souvenir de la façon dont je vivais avant d'apercevoir ma fille par sa fenêtre de Groningue. De ce que je pensais. De la façon dont je m'endormais le soir. L'heure précédant le sommeil est un puits que j'ai beaucoup de mal à contourner. Je pose près de moi un livre commencé avant mon voyage en Hollande, et j'attends qu'Art touche mon bras pour me signifier que tout va bien. Que je vais bien. Que je vais laisser le temps agir.

L'hiver prend fin. La concentration que j'avais perdue revient doucement. Je n'ai pas de projets. Dans le rêve que je fais chaque nuit, je voyage de nouveau à Groningue, frappe à la porte et attends. Dehors, il fait sombre, et la maison éclairée de ma fille est la chose la plus désirable au monde, hors d'atteinte pour moi, comme si j'étais une SDF. Je toque encore et encore, plus fort chaque fois.

À la douce initiative d'Art, nous allons au théâtre, au cinéma, au restaurant. Toutes les quelques semaines, nous invitons à dîner chez moi la fille d'Art et sa famille. Je suis reconnaissante envers les deux petits garçons de Sharona d'être des rouquins très vifs qui ne peuvent en aucun cas me rappeler ce que nous avons été, et je me demande ce qui nous serait arrivé si Meïr et moi avions eu un garçon. C'est si étrange, je n'arrive même pas à l'imaginer.

D'autres soirs, nous dînons, puis emportons nos verres de vin au salon et regardons les infos. Art reste presque toujours dormir chez moi et, avant l'extinction des feux, il débarrasse la vaisselle dans l'évier, je la lave rapidement, plie le plaid et tapote les coussins du canapé. L'obscurité a besoin d'ordre. Puis nous nous retrouvons pour notre destin nocturne commun. Nous évoluons l'un autour de l'autre, nous nous préparons – brossage des dents, débarbouillage. Art entre dans le lit avant moi, allume nos deux lampes de chevet, replie la couverture de mon côté, et attend que je le rejoigne, les deux mains détendues sur son cœur. Il ne plongera jamais seul dans son livre. Mais nous ne lisons jamais les mêmes livres non plus. Ensemble dans la mer nocturne, chacun s'agrippe à sa propre planche de secours et vogue avec elle vers sa destination.

Je lis un livre sur les rapports durs et brûlants d'une Anglaise avec sa mère adoptive. *Je ne me souviens pas d'un temps où je n'aie pas dû confronter ma version contre la sienne, écrit-elle. Cela a été mon mode de survie depuis le début.* Elle parle d'enfants adoptés, de *l'absence* qui est au commencement de leur vie. *Une absence, un vide, un point d'interrogation. Un pan déterminant de leur histoire disparaît, aussi violemment que si une bombe avait été logée au creux de ce ventre bombé.* Mais je pense que c'est encore plus difficile pour les enfants qui ne sont pas adoptés ; qui parle de bombes en ce qui les concerne ? Personne. Ils ne soupçonnent pas cet effacement, et ici commence un autre combat, celui pour le droit au doute.

Avant d'écrire ce livre, cette Anglaise en a écrit un autre, l'histoire du commencement de sa vie. Seize ans dans une maison de ville dans le Lancashire, deux pièces en bas, deux pièces en haut, la femme et ses parents adoptifs ensemble dans une petite maison en tout point semblable en apparence aux maisons alignées sur le même trottoir. *J'en ai donné ma version*, écrit-elle, *fidèle et inventée, exacte et faussée par la mémoire.* La mère a fulminé contre ce que sa fille avait écrit, mais il semble à cette femme que l'explosif se trouve dans ce qui n'a pas été écrit précisément, *le jumeau muet de l'histoire*, *les silences* qu'elle espérait que *quelqu'un d'autre* entende. Je ferme le livre et me tourne vers Art.

Art ferme aussi son livre. Il se tourne vers moi, arrange le coussin sous sa tête, prêt à m'écouter. Je me lance.

Je commence par dire : « J'ai écrit à Johan. » J'ai écrit une lettre au mari de ma fille et l'ai envoyée à l'école de théâtre dans laquelle il enseigne.

Art ne pose pas de questions, il attend. Il sait que je vais finir par tout raconter. C'est un de ses dons supplémentaires, de m'attendre.

Je dors très peu cette nuit-là, et une fois Art endormi, je rallume ma lampe de chevet et prends un autre livre. Juliet vogue sur un ferry. Elle est en route pour rencontrer sa fille Penelope qu'elle n'a pas vue depuis des mois. Penelope lui a écrit : *j'espère te voir dimanche après-midi, le moment est venu*, et Juliet, tout agitée, s'est aussitôt préparée pour le voyage. À présent, sur le ferry, elle discute avec une femme sympathique de la région et lui raconte qu'elle est en route pour retrouver sa fille dans un lieu du nom de *Centre d'Équilibre Spirituel*, elle ne sait pas ce que c'est exactement, la femme en a peut-être entendu parler et peut lui en dire quelque chose ? La femme hésite, et moi aussi j'aurais répondu en hésitant. L'intimité hasardeuse d'inconnues se mettant à bavarder permet des confessions soudaines sur soi, mais permet-elle pour autant d'être franche sans aucune précaution quand votre nouvelle amie vous pose une question sur un sujet qui la touche personnellement ? À présent, Juliet parle à la femme de sa fille dont elle n'a jamais été séparée très longtemps, bien qu'elle soit déjà une jeune femme, tandis que la femme sympathique raconte à Juliet qu'elle-même a trois enfants, *et il y a des jours où elle serait prête à les payer pour qu'ils partent en retraite, séparément ou tous ensemble.* Et *Juliet rit.* Quelle mère ne rirait pas à une telle remarque ? C'est vraiment drôle. Et, dans l'espoir que Penelope rentre avec elle à la maison, elle dit à la femme : « *Bah, je n'en ai qu'une. Bien sûr, je ne garantis pas que je n'aurai pas envie de la réexpédier, d'ici quelques semaines.* » C'est à présent au tour de la femme sympathique de rire, mais l'histoire fait une ellipse. L'histoire occulte toutes sortes de choses. C'est la technique narrative de l'autrice, elle maîtrise tous les pans du récit, c'est elle qui actionne Juliet, et la vérité concernant Juliet est que ces derniers mois se sont écoulés sans lien ni contact avec sa fille, et qu'elle a surmonté cela très difficilement, jour après jour.

J'ai déjà lu ce livre, je sais ce qui va se passer. Je ne devrais pas le relire, mais je fais confiance à la présence d'Art à mes côtés.

Meïr et moi ne lisions jamais côte à côte au lit. Il aimait la nuit, et lorsque j'allais me coucher, il s'installait à son bureau pour écrire ses articles ou noter les travaux de ses étudiants, mais parfois il commençait par venir me dire bonne nuit dans notre chambre, discuter un peu, baiser. C'était seulement dans les périodes difficiles que nous inversions les rôles ; il y eut des mois où je restais éveillée la nuit, il m'en laissait tout le loisir et allait se coucher. Toute ma vie je me suis méfiée de ce qui sonnait faux, et avec Meïr aussi. Et c'est ainsi que c'est arrivé, que nous ne sommes presque jamais allés nous coucher ensemble et n'avons pas lu ensemble au lit.

Quand Juliet arrive à destination – un lieu avec une vieille église derrière laquelle il y a un immeuble aux nombreuses fenêtres –, Joan, une femme qui fait partie de l'équipe du centre, vient vers elle, l'invite à entrer et, avant même que Juliet ait le temps de lui demander où est Penelope, lui raconte à son sujet quelque chose qui va lui briser le cœur.

J'ai déjà dit que j'ai lu ce livre par le passé, je savais exactement ce qui attendait la mère et la fille dans les années suivantes, je me souvenais de la façon dont Juliet se flagellerait et comment elle décamperait de là pour le restant de ses jours. Je me souvenais de la façon dont elle dirait à Christa, sa meilleure amie, *« d'ailleurs, je n'ai rien fait de si terrible »*, je me souvenais qu'elle dirait également *« Pourquoi est-ce que je n'arrête pas de me lamenter que c'est ma faute ? Penelope est une énigme, voilà tout. Autant le voir en face. »*

J'ai jeté le livre contre le mur. Évidemment, il n'avait pas écrit autre chose de lui-même pendant les années où il était resté fermé, mais je ne pouvais supporter le despotisme de la narratrice sur le destin de Juliet et mon incapacité à modifier la noirceur de la malédiction. Art ne se réveilla pas, et même si ça avait été le cas, il ne l'aurait pas manifesté. C'était exactement ce dont j'avais le plus besoin venant de lui.

26.

Je raconte tout, ce que je savais et ce dont je me suis souvenue. Mais la mémoire est un matériau fragile, destiné à l'art, les gens y sculptent, y peignent, y créent, et c'est pour cela que j'ai souvent pensé que si Léa avait eu un frère ou une sœur nous aurions été sauvées. Mais nous étions une dynastie de filles uniques, ma mère avait été la fille unique de ma grand-mère, j'étais la fille unique de ma mère ; à l'intérieur de nos maisons, nous étions les seules témoins de nos vies, notre histoire n'avait jamais été fractionnée entre différents porte-parole et n'avait jamais été dissimulée à quiconque, notre mémoire s'orientait d'elle-même, nous étions seules dans cette histoire, et comme nous avions l'air banales, nous n'éveillions les soupçons de personne.

J'ai toujours lu beaucoup. Des livres tristes (j'avais une préférence pour les films gais et les livres tristes), j'ai lu sur la famille, sur la façon dont les fratries négocient les faits entre elles, sur le fait que certains se battent plus que d'autres pour garder ce qu'il y eut de beau et de bon. Toujours, dans toutes les familles. Il y aura toujours le frère ou la sœur qui voudra prendre le passé d'assaut pour l'améliorer. Ces tendances ne changent pas avec le temps, c'est comme la main dominante ou la structure crânienne. J'ai lu des livres sur la famille et sur les cas marginaux, et j'ai compris ma situation : j'avais eu de la chance. Je n'ai jamais eu pitié de moi – qu'y avait-il à prendre en pitié ? Mes parents m'avaient aimée. Mon père était mort l'année de mes quatorze ans, ma mère ne m'avait jamais proposé son amitié mais avait conservé une stabilité. Je pouvais deviner ce qu'elle allait dire, ce qu'elle allait vouloir, ce qu'elle allait faire. Et ça aidait. Elle ne me battait pas, ne m'humiliait pas, ne me punissait pas. Elle m'avait peut-être un peu frappée dans mes toutes premières années, c'est difficile de se souvenir, laissons une petite ouverture à cette possibilité. Elle ne m'a jamais appelée par un autre nom que le mien, jamais. Pas « Yoëlik », pas « ma douce », ni « ma petite idiote », ni « ma jolie ». Je n'aimais pas mon prénom. Je préférais passer du temps chez mes amies, en particulier chez Orna, dont la mère m'appelait « chérie ». Je connaissais le son propre aux familles, les autres maisons étaient bruyantes, mes amies avaient des frères, elles ne grandissaient pas dans la lumière excluante de l'unicité, et quand malgré tout je les invitais chez moi, ma mère les accueillait de bon cœur, proposait un rafraîchissement et ne se mêlait de rien. Elle nous laissait tranquilles, ce qui fascinait mes amies. À d'autres moments, lorsque nous étions seulement toutes les deux, elle refusait de s'extasier sur ce que je lui racontais, ou posait des questions à côté de la plaque, ou trouvait les points faibles de mes histoires. C'est tout. Je n'ai pas cherché à me frotter à mon enfance plus que cela, ni elle à sa maternité.

La nuit de la mort de mon père, je m'inquiétais de savoir comment j'allais la serrer dans mes bras à l'enterrement le lendemain. Je me demandais si elle me tendrait les bras, si elle allait pleurer devant moi, et comment nous allions unir nos forces. Je fus soulagée qu'elle n'eût besoin de rien de tel. Elle s'entoura de voisines et de collègues de travail qui la protégèrent de moi, et peut-être d'elle-même, j'ignore ce qu'elles pensaient ou comprenaient, et chaque fois que nous avions une discussion en tête à tête, des sujets très concrets surgissaient pour obstruer la moindre ouverture, nous contournions ainsi tout le reste. Elle demeurait toujours une part importante de ma vie. Toujours. Je la prenais en compte, je lui racontais, lui montrais. Elle me décevait souvent, j'avais appris à vivre avec, je râlais sur elle devant mes copines, mais c'était le b.a.-ba, elles râlaient aussi sur leurs mères. Et depuis la mort de mon père, chaque fois que je rentrais à la maison, je me baissais vers elle pour embrasser furtivement sa joue. Je regrettais cette base de notre relation, mais c'était tout de même plus facile de poursuivre dans cette voie que de revenir sur nos pas. Nous tenions toutes deux à l'histoire légèrement arrangée, ça nous semblait bien ainsi. Ce n'est qu'à présent, avec Léa, que j'ai compris le danger de la chose.

J'ai eu honte. Je n'avais raconté à personne la disparition de Léa, à part Art. Je me dérobais lorsque quelqu'un me demandait de ses nouvelles. « Elle est en vadrouille, disais-je. C'est une vraie vagabonde, elle conquiert le monde à grands pas. » Je prétendais que nous avions parlé la veille. L'avant-veille. Une semaine auparavant. Je reconnaissais que je me languissais d'elle. « Mais il faut qu'elle profite, c'est son moment. »

J'éteins la lumière. Le problème, c'est la tête.

Juliet entend les paroles de Joan, essaie de comprendre. *La terreur l'inonde.*

Je me souvenais très sérieusement des livres que j'avais lus. J'exagérais avec cela aussi.

Je parle d'Art à Yohaï.

« C'est un homme bon, dis-je, il me donne de l'oxygène. »

Yohaï hésite.

« Meïr…, dit-il avant de marquer une pause. Meïr était dur avec vous deux.

— Quoi ?

— Il était dur avec toi. Dur avec Léa. À plusieurs reprises, lorsque nous étions ensemble, j'ai pensé : "Cette petite a de la chance d'avoir Yoëlla, parce que Meïr…" Il aimait Léa plus que tout, mais il ne savait pas comment lui accorder certaines choses, comment arrondir les angles, et toi…

— Ça suffit. »

Mais Yohaï veut parler.

« J'étais inquiet pour vous, c'est la vérité. C'était comme si Léa et toi… comme si vous étiez le couple de la maison, et que Meïr était… »

Je refuse d'en entendre plus.

« Stop. Laisse. Nous avons fait ce que nous avons pu, laisse-nous tranquilles. »

27.

À cette époque, ma mère commença à devenir sourde, et ce fut une chance. Il semblait qu'elle avait volontairement plongé sous le niveau du bruit, et qu'elle était heureuse de s'envelopper dans la couche de solitude procurée par son nouveau handicap. Ça tombait bien, je n'aurais pas supporté qu'elle comprenne ce qui se passait, et chaque fois qu'elle réclamait Léa, nous dansions un peu dans le brouillard. Elle s'était inquiétée à notre sujet pendant des années, mais n'avait jamais prédit que je sacrifierais Léa par un trop-plein d'amour. Elle s'était contentée de détourner le regard, refusant de se réjouir à la vue de notre amour.

« Léa est partie en voyage, elle va revenir. Cette génération ne tient pas en place », lui disais-je.

La surdité entravait peut-être la compréhension car ma mère ne m'embarrassait pas avec des questions. Elle disait : « Qu'elle profite. » « C'est le moment. » « Elle reviendra quand elle reviendra. » Ou bien elle se chargeait de flouter le tableau pour moi.

Mais à Art, je racontais tout. Je lui racontais que Léa était venue en Israël une fois encore alors que Meïr était déjà très malade. Qu'elle l'avait soigné dans ses derniers jours. Qu'elle avait été à mes côtés pendant les sept jours de deuil, et les semaines qui avaient suivi. « Mais elle a été obligée de partir de nouveau, disais-je. C'est une autre génération, un autre genre. Et puis franchement, pourquoi appartenir à une maison, une rue, une ville, un pays ? Elle est chez elle partout dans le monde. »

Elle avait erré pendant six ans d'un pays à l'autre, m'appelant tous les deux ou trois mois – de Dharamsala, Bangalore, Hanoï, Chiang Mai. « Tout va bien, tout va bien. Comment tu vas, maman ? » Ce ne fut que plus tard que j'appris qu'elle avait été en Hollande quasiment toutes ces années, non loin de moi. Pas si loin que ça. Mais lorsque je confie cela à Art, je suis déjà en mesure de dire que tout ce que j'ai fait, c'était par amour pour elle.

Je pleure devant lui. Je fouille dans mon sac à la recherche d'un mouchoir en papier pour m'essuyer le visage. « J'ai été une maman, lui dis-je. Autant que possible. Je l'aimais plus que tout. » Pourquoi est-ce que je m'accuse en permanence ? « Léa est une énigme, dis-je, il faut que j'affronte cela. » Et Art me regarde de ses yeux étrangers et doux, et dit dans un hébreu également doux dans sa bouche : « C'est exactement ce que tu fais, Yoëlla. »

28.

À la mort de Meïr, je quittai le studio pour aller travailler à la bibliothèque scientifique de l'université. J'avais besoin de calme. C'était tout ce que je recherchais.

La sixième ou septième fois que je tendis à Art les livres qu'il avait réservés, je répondis à son sourire. J'étais veuve depuis presque six ans, et savais depuis quelques semaines où était ma fille. En Hollande, dans une ville dont je n'avais jamais entendu le nom jusque-là, Groningue. Je savais qu'elle avait deux filles, et j'avais calculé : elle était tombée enceinte de l'aînée trois ou quatre mois avant de venir en Israël s'occuper de Meïr dans ses derniers jours, ce qui signifiait qu'elle savait parfaitement qu'elle était enceinte, et, de tout ce qu'elle m'avait caché, c'est cette chose-là qui me fit le plus honte.

Art était très poli, et dans le peu de mots qu'il avait prononcés en prenant les livres de mes mains, j'avais pu entendre un accent. À la question que je lui avais posée il avait répondu qu'il était né et avait grandi en

Hollande, et lorsque j'avais dit : « Ma fille vit en Hollande, mes petites-filles aussi », il avait hoché la tête amicalement. « Où en Hollande ? » avait-il demandé. Il vivait en Israël depuis quarante-cinq ans, mais il cherchait encore ses mots en hébreu.

« À Groningue », avais-je répondu aussitôt, comme si c'était une question facile. J'avais des petites-filles sans être leur grand-mère et je n'avais raconté cela à personne jusque-là.

Ce ne fut qu'après plusieurs semaines, après que nous fûmes allés au restaurant près de chez lui, après que nous fûmes allés au théâtre, que nous eûmes couché ensemble, que je lui racontai que je n'avais jamais vu mes petites-filles. Que je connaissais leur date de naissance et rien de plus. Que je n'avais pas vu ma fille depuis six ans. Que je lui parlais de temps en temps, et qu'elle n'était prête à rien de plus. Qu'elle ne m'avait jamais rien raconté sur ses filles, pas même informée de leur existence. Et de cela non plus Art ne fit pas tout un plat, ce qui me permit de comprendre qu'avec lui, je pourrais tout surmonter.

J'ai déjà dit que je n'évoque Léa avec personne, mis à part Art. De temps en temps, lorsque je croise des gens qui l'ont connue et demandent subitement de ses nouvelles, je dois trouver des façons de parler d'elle sans avoir l'air folle de chagrin, et sans éveiller la pitié. Je dis : « Cette génération se cherche. » Mais j'insiste : « Elle va bien, c'est l'essentiel. »

Ce n'est qu'à Art que je raconte les détails que je collecte peu à peu sur ma fille et sa famille. Il connaît comme moi les noms de mes petites-filles. Leur âge. Leurs hobbies. La maternelle qu'elles fréquentent, puis l'école. Je lui parle du mari de Léa, Johan, professeur de théâtre, et des quelques détails sur sa vie dont j'ai connaissance. Mais je ne lui montre pas même une photo d'eux trouvée sur le Web, et ne lui dis pas combien de fois par jour je les regarde.

Comme par hasard, c'est sur Léa que je trouve le moins de choses. Elle a étudié le théâtre – j'ai trouvé son nom dans quatre productions d'élèves de l'école dans laquelle Johan enseigne – et a manifestement abandonné ses études au bout de deux ans. Je vois le genre : l'élève trop assidue qui sort du lot. L'élue que le professeur voit plus que les autres.

Elle est tombée enceinte quelque temps après avoir emménagé avec lui – et a été projetée dans une vie moins étincelante. L'union est inscrite à l'état civil – Johan a posté sur les réseaux une photo du vin d'honneur en compagnie d'une poignée de camarades d'école –, la grossesse suit. Léa a un emploi dont la teneur m'échappe au centre culturel du coin, elle est responsable de la petite enfance, quelque chose comme ça, et on peut s'adresser à elle tous les jours de neuf heures à treize heures et les mardis et jeudis également entre seize heures et dix-huit heures. Toutes les quelques semaines, les photos sur le site du centre sont mises à jour : les activités, les espaces extérieurs, de superbes enfants si absorbés par leur tâche. Je guette le moment où je la trouverai sur ces photos, tout en le redoutant. J'erre sur le site matin et soir, mais elle n'apparaît pas.

Autrefois, je racontais à Meïr tout ce qui me concernait ; à présent, je raconte à Art tout sur Léa. Ce que nous avons été, et comment. Il me parle très peu de son premier mariage avec Talia, dont il a divorcé, et de leur fille Sharona. Depuis qu'elle a eu deux garçons, le lien entre lui et sa fille s'est renforcé ; toutes les quelques semaines, il va les voir chez eux à Herzeliya, et ils viennent dîner chez lui le vendredi soir une fois par mois.

« Et tu cuisines ?

— Évidemment. »

Il prépare une potée que sa mère cuisinait quand il était enfant, un *stamppot.* « C'est une sorte de purée de légumes à laquelle on ajoute des saucisses. »

Il s'avère que c'est un genre de plat-purée que les Hollandais aiment beaucoup, et les petits-fils d'Art, qui sont totalement israéliens, en sont fous.

Peu à peu, il me parle aussi de ses parents, avec qui il est arrivé en Israël à seize ans. Son père, physicien, était venu effectuer une année de recherche à l'université, au terme de laquelle Art avait annoncé à ses parents qu'il souhaitait rester là.

« J'aimais Jérusalem, je ne voulais pas rentrer.

— Et ils n'ont pas tenté de te persuader du contraire ? Ils t'ont simplement laissé faire ce que tu voulais ? »

Il sourit.

« Pourquoi pas ? »

Après vingt-huit ans de mariage avec le même homme, dans lesquels j'inclus les six ans écoulés depuis sa mort, mes connaissances en matière virile sont périmées. La queue est redevenue aussi mystérieuse qu'à une lointaine époque. Apparemment Art le comprend, car lorsque nous couchons pour la première fois, il me serre longuement, me familiarise longtemps avec son corps avant de me déshabiller.

Au lit, aux côtés d'Art, je lis Lou Andreas-Salomé, la femme auprès de laquelle Rilke, Nietzsche et tant d'autres ne savaient être sans se brûler. Je lis que Lou était très anxieuse pour son père, alors que pour sa mère…

« Écoute ça », dis-je à Art.

L'un de ses plus anciens souvenirs de sa mère était lié à des vacances passées avec elle au bord de la mer. Lou regardait sa mère nager et avait crié : « Chérie, Mamouchka, noie-toi s'il te plaît ! »

Et la mère, stupéfaite, avait répondu : « Mais mon enfant, si je me noie, je serai vraiment morte.

— Nitchevo, avait-elle rugi. Ce n'est pas grave. »

Je lis cela à Art avec emphase et nous éclatons tous deux de rire.

29.

Je pense que désormais les familles malheureuses ne m'intéressent plus, vraiment pas. Je suis intéressée par le malheur des familles heureuses, par la fracture médiane. La famille dans laquelle j'ai grandi, la famille que j'ai construite. La femme qui a grandi dans une pauvreté épouvantable au fin fond de l'Illinois ne m'intéresse plus, celle que les pleurs d'un enfant ont fait descendre d'un train, pas plus que la Française dont la fille a passé deux ans en prison, ou la femme adoptée dans la maison de ville à Lancashire, et le manque de traces du début de sa vie. Léa et moi avons eu un début et une continuité, qu'est-ce qui peut expliquer notre cas ? Comment puis-je nous comprendre ?

Léa est une énigme, dis-je à Art. Mais moi aussi j'ai été une énigme pour ma mère, et ma mère l'a été pour la sienne, et ainsi de suite rétrospectivement jusqu'à la génération zéro. Pourtant, les filles n'abandonnent presque jamais leur mère, lui dis-je. Pas même les plus terribles ou les plus méchantes, ou celles dont le cœur est le plus endurci, elles demeurent leurs filles, elles sont leurs filles depuis toujours, il n'y a aucun moyen d'annuler cela. Pourquoi Léa ? De toute ma vie, je n'ai connu qu'une poignée de gens qui témoignaient d'une enfance heureuse, les autres sont des rescapés, tous ont trop reçu ou pas assez, la vie est toujours une longue convalescence de l'enfance. Pourquoi Léa ?

30.

Ils étaient assis dans la cuisine, ils parlaient et riaient.

« Combien tu aimes ton père ? » avait demandé Meïr, et Léa avait répondu : « Mille millions.

— C'est tout ?

— Plus deux.

— Oh ! »

Et Léa avait grogné :

« Ha ha ha, papa. C'est tordant. »

Ils s'étaient tus dès mon entrée, comme pour éviter tout malentendu.

Mais elle, Léa, au fil des ans, m'avait demandé un nombre incalculable de fois : « Tu m'aimes, maman ? » et je répondais : « Plus que tout au monde », et elle demandait alors : « Sûr ? » et je répondais : « Plus sept », et elle disait : « Arrondis à dix, et on n'en parle plus », et jamais, en aucun cas et d'aucune manière, je ne lui ai posé la question en retour.

31.

Presque un an s'est écoulé depuis que Léa a quitté la maison pour la première fois et jusqu'à ce que le garçon – l'homme – appelle. J'ignore quel âge a cette personne à la voix vibrante et profonde, une voix provenant d'un puits, qui demande à parler à la mère de Léa.

« C'est moi », dis-je. Mon cœur s'emballe. Je n'ai pas vu ma fille depuis onze mois et ne l'ai pas entendue depuis plusieurs semaines.

Le garçon dit que Léa est dans les montagnes, au Népal, que tout va bien, elle va bien. Il l'a croisée là-bas il y a quinze jours et elle lui a demandé de nous appeler en rentrant au pays pour nous informer qu'elle va bien.

« Au Népal », je répète après lui. Ça fait quarante-quatre jours que je n'ai pas eu de ses nouvelles. « Dans les montagnes ? Elle est dans les montagnes ?

— Oui », dit-il. Et il ajoute quelque chose au sujet du téléphone qui s'est cassé. Des problèmes de réseau.

Je ne comprends pas quoi exactement, mais me dépêche pourtant de dire :

« Oui, bien sûr.

— Elle va rester encore un peu là-bas, dit le jeune homme. Au moins quelques semaines. Peut-être plus. »

J'ai connu autrefois un homme avec une voix similaire. Je travaillais dans une agence de pub, il était directeur financier et peu importait ce qu'il disait ou demandait, sa voix traversait mon corps et me perturbait, les basses créaient un mouvement circulaire dans tout ce qui l'entourait, et je pensais alors, et le pense encore aujourd'hui, qu'une voix pareille est comme une tare, un drame sans fin, avec une voix pareille il est impossible de dire : « Elle va bien, elle va rester encore un peu là-bas, tout va bien. »

Les mots et les questions se pressent. Je m'assieds sur le canapé, le téléphone tremblant dans ma main. Deux semaines auparavant elle a eu dix-neuf ans, et je l'ai appelée des dizaines de fois ce jour-là, ainsi que le lendemain. Je n'ai pas renoncé à mes tentatives.

« Merci d'avoir appelé, lui dis-je. Merci beaucoup. » Et je raccroche avant même d'entendre sa réponse.

Le soir, au lit, j'en parle à Meïr. « Yaniv a appelé aujourd'hui, ou Yariv, je ne me souviens pas exactement, il nous passe le bonjour de Léa. Elle est dans les montagnes, dis-je à Meïr. Au Népal. Ça ne capte pas là-bas. Ou bien elle n'a pas de téléphone. Peu importe. Quelle importance ? »

Meïr me regarde, troublé. Quand est-ce que ça s'est passé ? Ce matin ? Et pourquoi ne lui en ai-je pas parlé jusque-là ? Et avant qu'il n'ajoute quoi que ce soit, je dis : « Elle a couché avec lui, c'est sûr. Elle va bien, elle couche avec des garçons. Il n'y a pas lieu de s'inquiéter. »

Le regard de Meïr passe de l'étonnement à l'effarement. Nous nous sommes tant inquiétés, nous avons rongé notre frein, nous sommes devenus fous d'inquiétude, qu'est-ce qui me prend, maintenant que nos craintes ont été apaisées ?

Je pleure, il me serre dans ses bras. « Ne pleure pas. » Pendant des années il a redouté mes pleurs, il essayait de m'en protéger. Maintenant c'est devenu plus facile. Jusqu'à présent nous ne parlions pas des choses explicitement, à partir de maintenant nous en parlerons de plus en plus, nous les nommerons pour ce qu'elles sont et nous aurons du mal à parler d'autre chose.

À dater de ce jour, ils me téléphonent régulièrement, une fois par mois ou tous les deux mois. Ce sont toujours des hommes qu'elle a rencontrés, qui ont arpenté avec Léa les montagnes, les forêts, des villages isolés dans des lieux aux noms prononcés si vite qu'ils sont aussitôt hors de ma portée. À travers eux, elle souhaite nous transmettre qu'on ne doit pas s'inquiéter pour elle, tout va bien, elle va bien. Elle leur a demandé de nous appeler dès qu'ils arriveront dans la grande ville la plus proche, dans un endroit où ça capte, en Israël, à la maison, et c'est ce qu'ils font. Pour pas qu'on s'inquiète. Elle va très bien. J'entends dans la voix de ces jeunes gens une prudence nonchalante, le monde leur appartient, Léa leur appartient, mais désormais je suis un peu plus armée face à eux. Je ne leur demande jamais : « Racontez-moi. Parlez-moi de Léa. » Je les remercie. Je dis : « Merci à toi, merci d'avoir appelé. » Si je commence à avoir besoin d'eux et de leurs récits, je ne pourrai plus respirer. Je continue aussi de l'appeler à plusieurs reprises, je ne m'en lasse pas. Mes appels basculent aussitôt sur le répondeur.

Meïr et moi poursuivons nos vies. En tant que plus ancienne employée du studio, je pourrais me délester du travail sur les autres, mais je fais exactement l'inverse ; forte de mon ancienneté, je prends sur moi une partie de leur travail, qui remplit ma journée dès mon arrivée jusqu'au moment où je quitte le bâtiment, presque toujours à la nuit tombée. Il m'arrive de m'absenter du studio en plein jour pour aller dans l'une des bibliothèques du campus, et de m'y installer une heure ou deux. Elles possèdent un silence religieux antique, un silence d'église. Ou bien je laisse tomber le studio, j'ai mal à la tête, je dois m'allonger, et je rentre à la maison à pied, mais, au lieu de monter chez nous, je prends la voiture et roule un peu. Je sors de la ville, emprunte des petites routes que j'ai appris à connaître, un chemin de terre dans l'*oued* ou au pied de la montagne. Puis je m'arrête loin des regards, laisse mon portable sur le siège, sors du véhicule, et fais quelques pas. Je n'attends aucun appel de personne, je n'attends pas que ma fille m'appelle. C'est seulement ainsi que je cesse d'être un poids pour moi-même.

Le soir, à la maison, j'allume toutes les lumières, bien trop de lumières, seule la chambre de Léa, que j'ai fermée, reste dans le noir. J'ai dit à Meïr : « On va y éteindre le chauffage, ça revient cher, c'est dommage, et on fermera la porte. » J'ai peut-être dit : « Dommage de gaspiller la chaleur. » Et c'est ainsi que la chambre de notre fille est restée sa chambre, comme si elle était supposée rentrer. Nos vies sont la somme de ces situations, ce qui est, ce qui n'est pas, nous sommes les parents d'une fille portée disparue, mais d'une manière que personne autour de nous ne peut comprendre, y compris nous-mêmes, et nous tâtonnons dans cette obscurité.

Quand Meïr me parle pour la première fois des douleurs musculaires qu'il ressent, je sais déjà. Je me suis réveillée plus d'une fois la nuit au son de ses gémissements étouffés. Je l'accompagne pour une consultation chez le médecin de famille, à la suite de quoi il doit faire une série de radios. Décryptages, concertations. Pas de chance. La maladie et Meïr ont vécu trop de temps ensemble à notre insu, ils sont devenus inséparables.

Chaque fois qu'un émissaire de Léa appelle – toujours moi, toujours sur mon portable –, il me faut des heures pour reprendre mes esprits, c'est pourquoi j'ai du mal à dire précisément à quel moment j'ai commencé à penser que tout cela n'était qu'une mascarade, qu'aucun de ces hommes n'avait escaladé avec elle des montagnes où il n'y a pas de réseau, ni n'en était redescendu, qu'ils n'avaient pas dormi près de ma fille dans des forêts, qu'ils n'avaient pas marché avec elle en direction de villages lointains ; que tandis qu'ils me parlaient, elle se trouvait non loin d'eux, peut-être carrément à côté, écoutant la conversation, leur faisant signe de se dépêcher, de ne pas prolonger, et la fois suivante où ce genre de conversation se reproduit, je dis : « Si tu la vois, tout de même, si tu retournes dans les montagnes, si tu la croises – peut-être que tu la croiseras par hasard –, dis-lui que son père est très malade. »

Et moins d'une semaine plus tard, elle surgit à la porte de la maison.

Nous sommes de nouveau tous les trois ensemble, même si Meïr n'est plus lui-même, ni dans son apparence ni dans son élocution. Il s'est éloigné de son être, et il est peut-être plus présent que jamais, il est difficile de déterminer ce qui arrive exactement à un homme aux confins de sa vie, s'il se perd ou s'affine.

Notre fille errante est de nouveau à la maison. Elle n'est pas burinée par le soleil. Ses chevilles ne sont pas musclées, ses cheveux ne sont pas broussailleux. Elle n'est pas amaigrie, en fait elle a pris du poids, et ses vêtements, malgré les nombreux tissus chatoyants, sont propres et en bon état. Je me souviens de l'été entre la première et la terminale, quand elle travaillait comme serveuse dans un café du centre commercial près de chez nous. Elle avait bien vite appris à faire entrer son T-shirt dans sa jupe, à mâcher un chewing-gum sans qu'on le remarque, à ne pas prendre appui sur les tables. Elle avait appris comment nouer ses cheveux et ne pas trop copiner avec les clients.

« Maman. »

Elle se tient sur le pas de la porte. Je tends une main vers ses cheveux.

Autrefois je lui disais avec affection : « C'est quand, la dernière fois que tu t'es lavé la tête ? Il serait temps, non ? » Je passais tendrement mes doigts dans la lourde cascade de ses cheveux et disais : « Un jour on finira par y trouver un nid, un chaton, une pièce chinoise ancienne. »

« Leïki ? »

J'éclate en sanglots et l'embrasse, elle noue ses bras autour de moi en disant : « Non, ne pleure pas », et il est déjà difficile de croire que ça fait deux ans qu'elle n'a pas été là, que je me suis tant inquiétée et torturée. La voici. Elle est revenue.

Je la fais entrer dans la chambre de Meïr. Notre chambre. Je crains qu'il ne soit trop ému, j'ai peur pour son cœur, mais son visage est illuminé par la reconnaissance et la compréhension, comme s'il l'attendait, et de sa nouvelle voix empâtée par les médicaments il dit « Léalé ».

Elle se penche vers lui avec précaution, et les maigres bras de Meïr s'agrippent doucement à son dos. Il y a des années de cela, lorsqu'il fonçait sur elle du pas de la porte et enfouissait sa tête dans son ventre en rugissant et poussant des cris de victoire, elle riait tellement que j'avais peur qu'elle ne s'étouffe. Elle lui murmure quelque chose, et ils rient ensemble.

Meïr est mort cinq jours plus tard à l'hôpital. Nous étions toutes deux près de lui, tenant chacune une main. Le matin de son dernier jour, les médecins savaient déjà et nous ont dit : « Restez. Ne partez pas. Attendez. »

Il est difficile de trouver des mots pour le moment où cela arrive, un moment aussi céleste qu'insignifiant. La simplicité des plantes de pied du mort, par exemple. Et en regard de cela, la conscience qu'on ne pourra plus lui poser aucune question, pas même la plus infime, ou lui fournir une réponse qui manquait.

32.

Nous avons voyagé quatre fois ensemble, Léa et moi. Stockholm, Copenhague, Rome, Amsterdam. Elle avait six, huit, neuf, onze ans. Ces années-là, Meïr enseignait tout l'été, ou était occupé par ses livres, ses articles, et il préférait rester en Israël. Je ne m'y opposais pas, je me réjouissais. Nous trois étions un seul bloc, alors que lorsque nous n'étions que Léa et moi, nous étions différentes. J'étais différente.

Nous dormions dans de petits hôtels que je choisissais sur des sites Internet, le voyage commençait là, dans les préparatifs, nous en étions folles, nous pensions aux draps amidonnés qui nous attendaient dans des lits lointains, aux serviettes de toilette aux nouvelles senteurs suaves, aux flacons dans les salles de bain, à la télévision dans des langues que nous ne comprenions pas, tout cela était inséparable de l'essentiel. Être dans une ville étrangère passe aussi par la chambre d'hôtel, l'espace frais du minibar, l'armoire qui laisse un instant interdit avant que l'on puisse croire à sa propreté, les couloirs capitonnés qui mènent aux chambres ; ça ne servait à rien de raconter cela à Meïr, et Léa le comprenait d'elle-même. « Le café du petit-déjeuner est tragique, textotais-je à Meïr de Rome, mais on peut commander des omelettes que le plus adorable des cuisiniers nous prépare comme si c'était la grande mission de sa vie. » « La mer sent si bon », lui textotait Léa de Copenhague. « La pression de l'eau dans la baignoire est divine et les serviettes merveilleuses », écrivais-je à Meïr d'Amsterdam. « Les gens dans la rue sont si gentils », lui écrivait Léa. « Tout le monde nous aide à trouver notre chemin, partout. »

Nous profitions délicieusement de tout. L'eau douce d'Europe nous caressait sous la douche, laissant nos cheveux aussi vaporeux que si nous venions de les couper. Le crissement insolite des draps organisait notre sommeil autrement, nous sombrions, et le matin nous émergions doucement. J'étais alléchée par le côté pratique de chaque chose, dans ces chambres il n'y avait que ce dont on avait besoin, il était aisé de les nettoyer, d'y séjourner, et j'étais fascinée en particulier par leur capacité à isoler le temps, à découper l'Histoire en bibliothèque de petites histoires, à protéger la plus stricte des intimités avant de l'effacer, et de nous repasser en quelque sorte comme les draps tendus sur le lit. Ma fille à mes côtés, tout était enthousiasmant et plaisant, c'était le bonheur, le monde parallèle des chambres d'hôtel où les rayons du bonheur s'élargissaient jusqu'à la béatitude.

Nous évitions les métros et restions à la surface de la terre. Nous étions attirées par les petits parcs, les devantures éclairées. Copenhague était pleine de lumière, y compris les sex-shops étalant vibromasseurs et godes aux joyeuses couleurs pastel de jouets pour enfants. Un jour, près de la vitrine de l'une de ces boutiques, nous vîmes un petit garçon obèse en larmes portant des baskets fluo minuscules. À Amsterdam, nous vîmes dans le tramway un garçon et une fille qui se ressemblaient tels frère et sœur s'embrasser fiévreusement. Dans un café dont les chaises débordaient sur la chaussée nous avions vu une femme se faire plaisir avec un gâteau à la chantilly : penchée avec précaution au-dessus d'une tasse de thé oblongue et de l'assiette de gâteau, elle avait englouti le tout avec une minutie tranquille. Dans une pizzeria romaine nous avions été assises près d'une famille américaine qui faisait un concours de blagues Carambar. « Comment s'appelle la femme de Hippi ? Misses Hippi ! » « Que dit l'assiette au verre ? Le dîner est pour moi. » « Vous avez entendu parler du couple qui a volé un calendrier ? Ils ont pris chacun six mois. » Une famille mignonne, prompte à rire, un père et une mère grands et incroyablement charpentés dans leurs pantalons de toile et d'immenses T-shirts au col en V, et leurs trois filles – des Asiatiques toutes fines dans leur robe en coton. Nous n'étions pas les seules à leur jeter des regards, tous les convives du restaurant s'intéressaient à eux. J'ai connu une fille adoptée autour de laquelle de grands efforts étaient déployés pour flouter les liens originels, pour qu'elle s'intègre parfaitement à sa nouvelle famille, tandis que le drame de la révélation patientait dans un horizon menaçant, comme un discret événement explosif. Mais lorsque des parents blancs adoptent des petites filles asiatiques, c'est une aventure à laquelle tout le monde participe. La maman s'adressait à ses filles du ton lent que l'on prend pour parler aux enfants, d'une langue corsetée par la conscience d'elle-même. Elle s'appuyait sur ce qu'elle avait lu et appris, et paraissait n'avoir aucune idée de la façon dont la vie s'écoule vraiment, et de la possibilité d'avoir tort et raison à la fois ; je veux dire par là qu'elle aimait ses filles et être en leur compagnie, c'était manifeste, pourtant tout le monde les regardait. C'était un périple si tortueux. Nous avions fini de manger et étions sur le point de rentrer à l'hôtel lorsqu'un homme tenant un chien en laisse entra, prit quelques étuis de sucre sur le comptoir des desserts et réclama au serveur un verre d'eau chaude. Le serveur lui intima de quitter les lieux. Nous avions vu beaucoup de ces hommes à Rome, beaux, ayant dérivé trop loin, qui cherchaient par tous les moyens à nourrir leur chien. Nous nous étions éloignées très vite et n'avions pas parlé jusqu'à l'hôtel, nous nous tenions seulement la main, parfaitement conscientes de ce que nous venions de voir.

Lorsque nous étions seulement toutes les deux Léa et moi, nous nous reflétions l'une dans l'autre à volonté. Nul n'intervenait, nul ne nous dérangeait, et même s'il m'arrivait de me fâcher brièvement contre elle ou si l'une de nous fomentait une dispute, nous nous réconciliions aussitôt. Elle ne pouvait pas supporter la moindre tension entre nous, même la plus infime, et je m'accrochais à ça. Nous louions des vélos et roulions dans des parcs, nous nous promenions main dans la main en achetant toutes sortes de choses, des conneries, barrettes, stylos et poupées. À Rome, un midi, je lui avais fait goûter un cocktail que je buvais, avant d'en boire encore deux toute seule, nous avions parlé abondamment et avions ri aux éclats, les gens nous jetaient des regards courroucés. Nous mangions exactement ce que nous voulions, et le soir, à vingt et une heures au plus tard, où que nous soyons, nous nous retirions dans notre chambre d'hôtel, douche, télé, tisane, puis nous nous blottissions dans le lit pour papoter, amoureuses, épuisées d'amour.

À Amsterdam, nous avions logé dans un hôtel qui donnait sur la façade latérale de la Maison Anne Frank. Nous ne pouvions voir l'entrée du bâtiment, mais seulement la longue file sinueuse qui l'encerclait quasiment à toute heure du jour et de laquelle émanait un bruissement perpétuel où se mêlaient des sachets en plastique froissés, des sacs, des cartes de la ville, et des propos exaspérés ; peu importait la chaleur, rien ne pouvait persuader la foule d'abandonner sa place pour se réfugier dans l'air conditionné séduisant des cafés et des boutiques alentour ; ils attendaient là, chaque matin lorsque nous quittions l'hôtel, et chaque après-midi lorsque nous retrouvions notre chambre. Au quatrième jour, nous nous étions jointes à la file et avions attendu des heures. Léa refusait de renoncer. À onze ans, elle jonglait rapidement entre la sensibilité et le sarcasme, elle s'abandonnait sans lutter à des chansons pop sur l'amour et la solitude, mais pouvait aussi tenir tête à n'importe quelle attitude trop sérieuse, en particulier lorsqu'il s'agissait de Meïr ou de moi, en particulier de moi, puis elle plongeait de nouveau dans les tempêtes émotionnelles des adolescentes, des choses triviales pour tout dire, banales. Elle avait lu les histoires d'Helen Keller et de Sarah Aharonson, des combats qui l'avaient touchée. Elle avait lu le *Journal* d'Anne Frank et m'avait obligée à le lire à sa suite. Elle voulait parler d'Anne pendant des heures. Elle pensait que toutes deux auraient pu être de merveilleuses amies, elle aurait pu elle-même être une Anne très réussie, si elles avaient été sœurs elles auraient écrit un journal ensemble sous le nom de la double Anne. Elle voulait voir l'Annexe, l'idée l'électrisait, elle voulait marcher dans la chambre d'Anne car les murs se souviennent de tout, et elle avait été sidérée de constater – décryptant mon expression pleine de bonne volonté et la douceur de ma voix – combien tout cela m'agaçait. L'expérience proprette de la Shoah que cette chambre procurait aux visiteurs, à distance des camps, la beauté graphique des lieux, la file qui s'étendait chaque jour depuis des années pour jeter un coup d'œil à la chambre d'une enfant piégée dans la Shoah – j'y voyais la métaphore d'une souffrance devenue incontrôlable qui allait beaucoup trop loin.

Nous nous étions disputées. Elle s'était disputée avec moi et n'avait pas accepté que je fasse semblant d'être d'accord avec elle. Mais j'étais fatiguée d'avoir marché pendant des heures, de faire la queue dans la longue file qui serpentait, j'avais mal aux jambes, je voulais rentrer à l'hôtel. Elle m'avait fait la leçon.

« À part ça, cette file est peut-être agaçante mais elle est aussi émouvante. Tu n'es pas seule quand tu viens ici, tu comprends ? Tant d'années ont passé et les gens ne cessent de venir, du monde entier, et même pas juifs du tout, tous ont entendu parler d'Anne et viennent lui rendre visite.

— Tu as raison.

— Arrête, je suis sérieuse.

— Je sais. Tu as raison, faire la queue ajoute vraiment quelque chose à l'expérience. »

Elle n'en avait été que plus exaspérée. Comme par tout acquiescement trop rapide, mû uniquement par le désir de ne pas aller à la confrontation.

Lorsque nous étions finalement entrées à l'intérieur du bâtiment, elle était restée bien trop silencieuse, bouleversée sans rien partager, je connaissais ce genre de punition. Je l'avais embrassée. « Anne Frank serait comblée si elle savait combien de gens se trouvent dans sa maison maintenant », avais-je dit. Nous nous étions réconciliées. Elle ne savait pas être en conflit avec moi, et en souffrait. Et cette nuit-là, après avoir éteint la télé et les lampes de chevet, nous nous étions blotties dans les draps amidonnés de l'hôtel, son visage sur l'oreiller semblait soudain si jeune, et sa voix encore trop haut perchée et trop douce ne lui permettait peut-être pas de dire les choses telles qu'elle aurait voulu les exprimer.

« Merci d'avoir attendu avec moi aujourd'hui, avait-elle dit. Je sais que ça t'a fatiguée. »

Je m'étais rapprochée pour embrasser son front.

« C'est tout de même étrange, avais-je répondu, lorsqu'on lit le *Journal* d'Anne Frank, on connaît déjà la fin. »

Elle m'avait regardé, les yeux quasiment fermés de fatigue.

« Et alors ?

— Réfléchis. Les lecteurs savent comment cela s'est terminé, mais elle, Anne, elle ne le savait pas. C'est un curieux point de vue de lecture, lorsque le lecteur en sait plus que l'auteur. »

Elle réfléchit un instant. Nous réfléchissions toutes deux. Puis elle, ma fille qui trimballait son ton appliqué partout, même lorsqu'elle était très fatiguée, dit :

« Oui, c'est vrai. Nos vies à tous sont ainsi. Nous lisons notre histoire sans savoir comment elle se terminera.

— Ma petite fille, mon intelligente.

— Maman. Qu'est-ce qu'on va faire de toi ? »

Elle s'était endormie facilement cette nuit-là, et j'étais restée réveillée, incapable de dormir, rongeant mon frein, attendant qu'elle rouvre les yeux pour que je puisse lui dire ce que j'avais évité de formuler toute la journée : qu'Anne Frank n'était pas uniquement l'histoire d'un sauvetage, mais que c'était aussi une histoire de trahison, et que c'était ce qui me navrait dans la file, dans le romantisme de la foule grimpant vers l'Annexe sombre, dans la fascination pour la Anne des années de cache, la Anne sauvée chaque jour, le zigzag fragile du sauvetage. Je n'avais pas dormi, me balançant au-dessus du sommeil. Je me sentais mal. Très mal. Je pensais que si j'avais été femme de chambre dans un hôtel, j'aurais ouvert les portes des chambres chaque matin et aurais attendu un peu avant d'y entrer. Les gens laissent derrière eux des choses invisibles à l'œil nu mais que l'on ressent, j'aurais attendu que les chambres des clients s'en délestent, et seulement alors je serais entrée. J'ignore à quel moment je finis par m'endormir. Le vol de retour pour Israël était prévu le lendemain, et je n'avais pas envie de rentrer.

33.

Cinq jours après la mort de Meïr, j'ai reconduit Léa à l'aéroport. Je savais exactement ce que j'allais lui dire, j'avais tout formulé dans ma tête. Nous allions passer quarante minutes en voiture, sans possibilité de fuir. Autrefois, les trajets vers l'aéroport étaient pour nous le début d'une aventure qui était totalement devant nous, et je ressentais encore cette sensation. Léa s'est installée, a posé son sac sur ses genoux et ses mains sur son sac. J'ai allumé la radio. Au bout d'un moment elle a tendu la main pour baisser le volume avant de la laisser retomber sur la bordure du siège. J'ai attendu quelques instants avant d'augmenter le son, et ce ne fut que bien plus tard, au moment où nous passions le barrage à l'entrée de l'aéroport, que j'ai posé ma main sur la sienne. Il était encore temps. J'ai roulé jusqu'au point de dépose des voyageurs et nous sommes sorties du véhicule. Je savais que j'allais parler. Que je ne pouvais pas ne pas parler. J'ai sorti son gigantesque sac à dos du coffre. Une voiture s'est arrêtée, attendant que l'on libère la place, et je me suis dépêchée de me remettre au volant. « Viens par ici », lui ai-je dit, tandis que j'étais déjà vissée à mon siège. Elle a passé la tête par la vitre côté passager. Je me suis penchée vers elle, j'ai pris son visage entre mes mains et l'ai embrassée sur la bouche comme d'habitude. Le coup de klaxon derrière nous nous a précipitamment arrachées l'une à l'autre. Dans le rétroviseur, je l'ai vue rester debout, contemplant ma voiture qui s'éloignait.

34.

Il m'était déjà arrivé de désirer un homme assis près de moi dans un train, pour la chaleur de son corps, sa voix, tandis qu'il parlait dans son portable, ou lorsqu'il était devant moi à la caisse au supermarché et disposait sur le tapis un pain de mie, une bouteille de vin et du fromage. Meïr portait un sac en tissu dans lequel il déposait les vivres de ses larges mains plates. Elles semblaient sèches, chaudes, je devinais déjà leur odeur lorsqu'il les poserait sur mon visage, je le désirais. Je m'approchai de lui, humai la légère senteur de laine et d'adoucissant, je le touchais presque. Le vin, le fromage, les tempes légèrement argentées dévoilaient une tranquille maturité, une conscience de soi, une certaine sérénité financière, et je l'avais désiré tout de suite, mais il n'avait pas regardé derrière lui une seule fois, il avait enfoui son porte-monnaie dans sa poche, avait pris son sac en tissu et était sorti. Il me fallait attendre de le croiser une prochaine fois.

Vingt-deux ans, c'est le temps que nous avons vécu ensemble, et après sa mort, après le départ de Léa, j'ai eu un mal fou à retourner au travail.

Je m'enfermais chez moi après ma journée au studio. J'avais toujours été méfiante envers les relations de voisinage, je craignais particulièrement les voisins trop sympathiques, ceux dont la bonne humeur s'imposait à moi chaque fois que nous nous croisions dans les escaliers. J'avais lu un jour l'histoire de deux retraités dont le rêve était de quitter la grande ville pour une maison isolée afin de vivre au calme, sereinement. Ils avaient été très heureux d'emménager dans une demeure qui n'avait qu'une seule autre maison à proximité, jusqu'à ce qu'il s'avère que leur nouveau voisin était déterminé à leur rendre visite chaque jour…

La plupart du temps, je me dépêchais de rentrer directement du studio à la maison. J'étais épuisée par le genre humain, pourtant je voulais voir des gens. Mais sans les entendre, en étant un peu sourde avec eux, comme ma mère, et lorsque j'appris qu'une employée de la bibliothèque scientifique de l'université allait partir à la retraite, je proposai de la remplacer. J'étais soulagée. À la bibliothèque, on prenait soin du silence absolu, et quand on parlait tout de même, c'était toujours en chuchotant.

35.

J'ai aimé Meïr pendant des années et s'il n'était pas mort, je serais restée avec lui, je ne serais pas partie. Je savais ce dont je devais me souvenir, et je me remémorais chaque détail du moment où nous étions tombés amoureux, qui de nous souhaitait quoi, et quand un écart apparaissait entre ce dont je me souvenais et ce dont lui se souvenait, je ne cédais pas.

Je ne l'ai pas revu au supermarché, mais à la cafétéria de l'université. Je l'ai reconnu de dos, debout près du comptoir, et je me suis dépêchée de m'installer à une table. Il y avait peu de monde, les clients se hâtaient de prendre leur commande à emporter dans des sacs en papier. J'ai attendu qu'il fasse de même, prévoyant de me concentrer sur le journal que j'avais sur moi jusqu'à ce qu'il disparaisse. Il a regardé autour de lui, s'est installé à une table près de moi, nous nous sommes souri. Je ne pouvais rester assise sans le mitrailler de regards, c'est pourquoi je me suis levée et suis sortie. Lorsqu'il a surgi dans le studio quelques semaines plus tard j'ai été étonnée, c'était comme s'il avait entendu les battements de mon cœur de loin, et avait marché droit vers eux.

J'ai regardé le bon de commande. « Professeur Driman ? »

De temps en temps, un maître de conférences passait au studio et demandait à vérifier les corrections faites sur un travail qu'il nous avait transmises, nous pouvions alors relier des visages aux noms. Les professeurs aussi prenaient soin de s'intéresser à nos prénoms, nous étions la preuve de leur pouvoir d'attraction, nous étions les femmes du studio, rattachées à l'arrière-cour de la vie universitaire, nous étions penchées au-dessus de tables lumineuses, éclairées par en dessous telles des ombres chinoises, et lorsqu'ils s'adressaient à nous, nous étions suspendues à leurs lèvres.

Meïr Driman était très placide. Pas timide, mais introverti. Il avait seize ans de plus que moi et j'avais immédiatement désiré coucher avec lui, et me réveiller dans son appartement débordant de livres dont je voyais déjà précisément l'apparence : des draps d'un modèle vieillot, du carrelage de granit, des radiateurs à la mode de Jérusalem qui gargouillaient. Deux ans étaient passés depuis que je m'étais enfermée chez moi pendant de longues semaines, incapable de sortir, quand la chauve-souris dont les ailes portaient leur ombre sur moi depuis l'adolescence avait fondu droit sur mon cœur, et même lorsque j'avais réussi à me lever de mon lit, je n'arrivais pas à me doucher, m'habiller, me coiffer, manger. Je quittai l'agence publicitaire dans laquelle je travaillais et m'enfermai chez moi. Deux amies au fait de ce qui se passait prenaient soin de me rendre visite une fois par jour, ou tous les deux jours, et de m'apporter des vivres de l'épicerie (je mangeais à peine, un yaourt ou quelques biscuits parfois, la nuit) et vider la poubelle. Les médicaments finirent par aider, installant une feutrine qui atténuait les coups de marteau. Après avoir un peu récupéré, je couchai plusieurs fois avec un garçon que je connaissais du lycée, un mécanicien de moto qui n'attendait rien, ne demandait rien, et partageait volontiers ses réserves d'alcool. Je couchai une fois avec le directeur financier de l'agence de pub, qui appela un jour pour me demander de sa voix profonde où j'avais bien pu disparaître. Je couchai avec le voisin du dessus, un étudiant en physique, lorsqu'il vint m'annoncer qu'il quittait l'immeuble. Je commençai à travailler au studio de l'université. J'héritai de la table lumineuse la plus éloignée de l'entrée. Quand je fourrais des boules Quies dans mes oreilles, j'entendais à peine la musique qui sortait non-stop d'un vieux radiocassette.

Meïr m'appela le soir de son passage dans le studio. Si je m'étais contentée de le désirer nous aurions tous deux été gênés, mais je le désirais follement, et dès que nous fûmes en présence l'un de l'autre, il fut primordial qu'il sache tout de moi. Je lui racontai la mort de mon père alors que j'avais quatorze ans, les longues années d'adolescence, les mois de dépression, les médicaments. Je lui confiai des choses que durant mon enfance et mon adolescence j'avais pensé taire à jamais, et que je livrais volontiers à un âge plus mûr, elles devenaient même le cœur du récit. Je me sentais bien. Cela faisait des années que je ne m'étais pas sentie aussi bien. Nous évoquâmes la question des enfants. Je dis à Meïr : « Lorsque j'aurai une fille, elle saura dire oui, ce ne sera pas un problème. Je ne m'inquiète pas pour ça. Mon inquiétude est plutôt qu'elle ne sache pas dire non. C'est cela qu'il faut apprendre aux petites filles, et je le lui apprendrai. » Et Meïr répondit : « C'est différent aujourd'hui, le monde est différent, ta fille grandira dans un monde que ni toi ni moi ne pouvons deviner. » Je hochai la tête, « tout de même, les filles sont poussées à devenir femmes à grands cris », dis-je en appuyant sur *femmes*, « ça ne changera jamais ».

Nous avons eu Léa. Elle était de ces petites filles infiniment aimées par leurs parents et aimées à peine un peu moins par le reste du monde et le moment arriva où il me sembla que c'était là l'objet de sa colère. Ce décalage. Peut-être ne se trouvait-elle pas belle. Mais aux yeux de son père et aux miens, c'était la plus jolie fille du monde, et l'amour de notre vie.

36.

Bien sûr que je comprenais qui était Meïr. Il avait connu un bref mariage qu'il évoquait sans passion : une année sabbatique à la Sorbonne, une fille du nom de Dorit dont les parents israéliens avaient émigré en France alors qu'elle avait cinq ans, une modeste cérémonie à la mairie en présence de quelques amis parisiens de la mariée (pour qui elle s'appelait Dorine), bref, un effort pour s'arrimer à une vie banale, à quarante ans. Ils envisageaient d'alterner entre les deux pays. Au bout de cinq mois, il leur avait suffi de quelques matinées à remplir des formulaires pour annuler le contrat de mariage. Meïr était revenu en Israël. Dans les deux années qui avaient suivi il y avait eu d'autres femmes et à quarante-trois ans il s'était amouraché d'une de ses doctorantes qui était tombée enceinte de lui, Michaëla, dont il mentionna le nom à quelques reprises durant notre vie commune. La grossesse s'était rapidement interrompue d'elle-même, c'était en tout cas ce qu'il racontait, et du ton de sa voix je déduisais qu'en fin de compte, ça leur avait sauvé la peau.

Meïr pouvait vivre sans Léa – jusqu'à ce qu'elle naisse. Il ne désirait pas d'enfants, et rien de ce qu'il voyait autour de lui ne pouvait le convaincre de changer d'avis. Il ne s'attardait pas sur eux, ni dans la rue, ni sur les photos, ni chez des amis. Les enfants n'attiraient tout simplement pas son attention. Il travaillait plusieurs heures par jour, enseignait aux étudiants de master, aux doctorants, se plongeait dans ses recherches pendant des mois, se donnait totalement à sa vie telle qu'elle était. Mais lorsque Léa naquit, il tomba aussitôt amoureux d'elle, il l'aima de toutes ses forces, et quand elle quitta la maison à dix-huit ans pour le voyage dont elle ne revint pas, il s'affaiblit tant qu'il tomba malade.

Il avait quarante-six ans quand je l'avais aperçu pour la première fois au supermarché, il avait surgi au studio quelques mois plus tard et nous ne nous étions plus quittés. Il y eut cependant des moments où je sortais de la maison les larmes aux yeux, entrais dans la voiture, mettais le contact et roulais en ville pendant une demi-heure, une heure, deux heures, jusqu'à ce qu'il m'appelle et me ramène à lui avec des mots doux.

Alors qu'il était déjà très malade, Meïr souffrait beaucoup du froid, mais nous ne pouvions pas étouffer en gardant les fenêtres fermées jour et nuit. Le soir venu, je l'emmitouflais dans trois couvertures, ouvrais les fenêtres, m'allongeais près de lui dans l'obscurité, et nous bavardions un peu. Il était faible et fatigué. Moi aussi. Pourtant, une nuit, il lâcha : « Je pensais qu'après l'accouchement, il faudrait t'hospitaliser. »

J'en eus le souffle coupé. Les mois de grossesse avaient été synonymes d'une terreur qui s'écoulait de moi, la chose qui grandissait en moi était la chair de ma chair, mais elle était aussi totalement dissimulée à mes yeux, et faisait de moi ce qu'elle voulait.

« Je voyais comment tu t'accrochais, poursuivit Meïr. Je savais que tu serrais les dents pour tenir le coup. Je me souviens que je pensais : "Elle va s'effondrer après l'accouchement. Elle ne pourra jamais élever quelqu'un." Je pensais qu'il me faudrait élever la petite, et m'occuper de toi aussi. »

Sa formulation me fit mal. Le choix de ses mots.

« Tu étais complètement folle. Mais Léa est née, et un miracle s'est produit. Elle est arrivée, et toi tu es revenue. En un instant tu es revenue à toi. Tu l'aimais tant, et tu t'en occupais. Tout était simple. J'étais ébahi. Il a fallu plusieurs mois pour que je commence à y croire. »

Je savais qu'il souffrait à sa façon de respirer. Je l'aidai à se mettre sur le côté pour le soulager, il baissa les paupières et s'endormit.

Je sortis de la chambre, et revins fermer les fenêtres au bout d'un moment.

37.

Les premières amours de Léa sont comme des chutes de très haut. Elle abat sa passion sur la tête des enfants, l'amour est un mouvement et un poids, rien ne peut ralentir le drame, en réalité il n'y a pas de drame, car ses amours lui appartenant totalement et étant totalement sous son contrôle, elles sont dégagées de l'incertitude. L'amour est une décision, il n'y a pas d'intrigue, pas de rebondissements, il ne dépend de rien ni de personne.

En maternelle, elle est amoureuse de Yaïr pendant trois ans ; en CP, CE1 et la moitié du CE2, elle est amoureuse de Hagaï. L'année suivante, un nouvel enfant arrive en classe, Avri, et Léa tombe aussitôt amoureuse de lui.

« Il est sportif », me raconte-t-elle, les yeux brillants, et il s'avère bien vite qu'Avri lui passe souvent le ballon lorsqu'ils jouent à la balle au prisonnier. « Il est mignon, il est vraiment chou. » Elle lui propose d'être son copain, il accepte, mais au bout de quelques jours il lui fait passer un petit mot : « Il faut qu'on se sépare. »

Elle lui écrit aussitôt en retour : « Pourquoi ? » Quand la réponse arrive, elle lui renvoie une fleur dessinée avec trois mots : « Ne t'inquiète pas. »

Elle me raconte tout cela en rentrant de l'école. Je m'assieds près d'elle. L'embrasser ? Que dire ? Je caresse sa tête.

« Et puis il m'a écrit qu'il était perdu.

— Perdu ?

— Perdu et fatigué.

— Perdu et fatigué ? Il a écrit ça ?

— Il a écrit "perdu et fatigé". Il fait des fautes. Mais je peux l'aider.

— Léa… »

Mais elle hausse les épaules.

« C'est pas grave, ça m'est égal. Je l'aime et je veux être sa copine. »

Et ainsi de suite. Lorsque Avri ne répond pas à ses tentatives de dialogue, elle est triste, mais ni fâchée ni vexée. Dois-je m'en émerveiller ou m'en inquiéter ? Est-ce émouvant ou menaçant ? Dans le monde de ma fille, l'amour ne se négocie pas, on ne compte pas, il n'y a ni compensation ni limite. Meïr essaie de son côté également de l'influencer en douceur. Il ne faut pas la bloquer, ne pas abîmer son tempérament aimant, débordant. Simplement l'atténuer un peu.

« C'est bon, papa, dit-elle pour l'apaiser. Ne t'inquiète pas. »

Pendant les grandes vacances, Avri déménage avec sa famille dans une autre ville et l'année suivante, plusieurs mois plus tard, Léa est plus calme que d'habitude. Elle excelle dans toutes les matières. Elle est fascinée par les histoires de la Bible, et moi qui n'ai jamais pu y prêter attention, je les écoute à présent racontées par elle, suspendue à ses lèvres. Les jours passent. Avri tombe dans l'oubli.

Mais peu de temps avant Pâques, elle rentre à la maison différente, de nouveau petite fille, de nouveau gamine, et me raconte avec émotion l'histoire de la ligature d'Isaac. Au début, on croirait que l'histoire a été édulcorée, la professeure de Bible a gommé les aspérités et capitonné le tout de propos sur la force de la foi et le don de soi. Pourtant, comme pour être bien sûre que ce qui lui échappe sans qu'elle sache comment le nommer n'a vraiment pas de nom et demeure insaisissable, Léa me raconte l'histoire dans sa totalité. Elle la déploie au-dessus d'elle avant de la faire tomber à mes pieds d'un coup.

« C'est une histoire stupéfiante, dit-elle.

— Cette histoire me sidère, en effet. »

Elle me regarde attentivement. L'histoire est stupéfiante, oui, mais de quelle manière ?

« Abraham me sidère », dis-je.

Elle ne peut plus se retenir.

« Dieu l'a placé dans une position intenable », dit-elle très vite. Elle reprend les mots de la professeure remplaçante, il faut qu'ils soient dits, et ils sont prononcés. « Dieu l'a placé devant un dilemme terrible, insiste-t-elle.

— Un dilemme ? (J'entends ma voix trop haut perchée.) Il n'y a là aucun dilemme.

— Non, non, non. Il vit dans l'Antiquité, maman. À l'époque, les gens pensaient que la mer était un dieu, que le vent était un dieu, que le soleil, le ciel, les étoiles – tout était un dieu. Ils ne savaient pas. Ils avaient la foi, et ils avaient peur.

— Et ça change quoi ? » je demande.

Si seulement j'avais pu ne pas poser cette question. Alors j'ajoute aussitôt :

« Ça ne change rien. À la demande que Dieu fait à Abraham il n'y a qu'une réponse : jamais. "Jamais tu n'auras mon enfant. Pas même dans un million d'années, et même si tu me tues sur place, même si tu embrases le monde entier." J'aurais dit à Dieu : "Fais ce que tu veux, tu ne me prendras pas mon enfant. Tu ne l'auras pas. Ce n'est pas moi qui te le donnerai." »

Les yeux de Léa se remplissent de larmes.

« Pas de mes mains, je dis, comme si ce n'était pas clair, comme si j'étais meilleure que les autres. Jamais.

— Et tu sais quoi ? Dieu t'aurait applaudie.

— Si Dieu existait et s'il avait des mains. »

Elle rit.

« Il t'aurait applaudie ! »

Je sens que je l'ai abandonnée, que je n'ai pas partagé avec elle ce poids. Que, dans mon élan, je l'ai laissée avec Abraham d'un côté, tandis que je restais de l'autre.

38.

La veille de son entrée au collège, Léa a du mal à dormir, après toute une histoire concernant le choix de ses vêtements. Elle a choisi une jupe qui ne me plaisait pas, et quand je lui ai dit « C'est juste mon avis, mets ce dont tu as envie, ce qui te plaît », il était déjà trop tard, elle ne pouvait plus s'arrêter de pleurer. Elle s'est enfermée un long moment dans sa chambre, d'où elle est ressortie en jean et T-shirt noirs. Elle s'est plantée devant moi, attendant le verdict. Je lui ai dit qu'elle était magnifique. Absolument parfaite. Elle m'a fait un câlin. « Pardon d'être comme je suis, je m'énerve pour un rien, ça va passer vite. »

Mais toute l'année elle scrute le moindre défaut sur son corps. Une tache au-dessus de la paupière. Des pores dilatés sur le menton. La très légère inclinaison de son nez vers la gauche. Tout cela envahit son reflet dans le miroir, elle me prend à témoin avec inquiétude.

« C'est perdu, dis-je. La tache et les pores, ça passe encore, mais le nez ? Je ne vois pas de solution.

— Arrête, maman.

— Je suis sérieuse. Tu veux que je commence à te chercher un couvent ?

— Tu n'es pas sérieuse et tu m'énerves.

— C'est pas grave. Au couvent, tu ne seras pas obligée de me voir souvent.

— Stop !

— Ah bon ? C'est moi qui dois arrêter ?

— Oui.

— Tu es une magnifique idiote.

— Et toi une énervante. »

Mais dans ses câlins, elle témoigne toute sa reconnaissance.

Cette année-là, il y avait un chanteur britannique maigre et ténébreux qu'elle écoutait pendant des heures dans son casque et dont elle suivait sur Internet les publications où il s'affichait régulièrement avec des compagnes différentes. Toutes étaient magnifiques à ses yeux, parfaites, dignes d'être aimées. Et il y avait un autre garçon maigre et ténébreux, présentateur d'une émission de divertissement qu'elle surnommait « le Céleste ». Lorsqu'il avait décidé de se marier en grande pompe avec sa copine, elle s'était coupé les cheveux comme elle, une sorte de carré long avec une frange qui, à mon grand soulagement, nous avait plu à toutes deux, y compris le lendemain de la coupe. De temps en temps, quand elle voyait des couples enlacés ou se promenant dans la rue avec leur chien, elle se recroquevillait en battant des cils. « Oh, c'est exactement ça que je veux, maman, exactement comme ça. » C'était un jeu, mais aussi la vérité. Elle offrait au monde son cœur sur un plateau. « C'est tellement mignon, maman. Regarde. Y a-t-il quelque chose de plus mignon que ça ? Y a pas. Je veux un copain. J'en aurai un, hein ? On s'embrassera et on se promènera avec son chien et on s'assiéra sur les poufs de ma chambre et on rira de tout un tas de choses. Tu penses que je serai comme ça avec un garçon ? Qu'on s'assiéra ensemble et qu'on rira de toutes sortes de choses ? Ne t'inquiète pas, on couchera pas. Seulement plus tard. Je veux un copain et un chien. Et une voiture. Et le permis. J'aurai ça ? J'ai tout prévu. »

J'aimais regarder ses mains, ses doigts délicats toujours trop froids, que je réchauffais entre mes mains, j'aimais regarder ses bras fins sur lesquels elle notait des choses au stylo bleu pendant les cours, ou dessinait des yeux et des lèvres, des lèvres et des yeux (« Arrête de dessiner sur toi, lui disais-je, prends une feuille, prends un carnet, je vais t'en acheter un, ne dessine pas sur toi »), j'aimais regarder son corps gracile qui se mettait à onduler au rythme de ce qu'elle entendait dans sa tête et qui la remplissait tout entière, une poésie gestuelle qui encadrait son adolescence, et qui m'a tant illusionnée.

« J'ai tout prévu, me disait-elle. Écoute. »

Elle avait prévu à quel garçon de sa classe elle répondrait positivement s'il lui proposait de sortir avec lui, et à qui par la négative (elle avait décrété que deux d'entre eux lui plaisaient particulièrement).

Elle avait prévu où ils iraient, ce qu'ils feraient et ce qu'ils se diraient.

Elle avait prévu quand ils s'embrasseraient.

Elle piochait ses fantasmes dans des séries télévisées et me racontait tout. Je n'exagère pas. Elle racontait tout.

Comment leurs mains se rencontreraient dans le gobelet de pop-corn au cinéma.

Comment ils boiraient un chocolat chaud au café quand il ferait froid (regard extérieur : la buée recouvre les vitres du café).

Comment ils s'allongeraient sur le tapis de sa chambre (« Attends ! On a un problème majeur ! Je n'ai pas de tapis. Il m'en faut un ! ») ou dans sa chambre à lui, et ils se liraient en riant des extraits de choses publiées sur la Toile, et ils se prépareraient une pizza (farine sur le front et sur le bout du nez).

Elle avait prévu les parties de Scrabble, les promenades avec le chien sous une pluie battante, puis le retour précipité à la maison pour prendre un thé avec des biscuits. Le chien était très important. Indispensable.

Elle était innocente et tendre, et s'offrait au monde sans conditions.

« Tu es tellement folle, disais-je en l'embrassant. Tu es une adorable petite obsédée de l'intimité. Ton copain aura de la chance. Ce sera le plus chanceux des chanceux au monde. »

39.

Et puis ça leur prend en quatrième. Nous recevons de l'école une brochure sur une série de conférences pour les parents, « Conseils pour un comportement sexuel approprié auprès des adolescents » ; « Sexe et sexualité : comment en parler à l'adolescent » ; « Sexe et Internet ». Les conférenciers sont tous des universitaires ; ils y tiennent beaucoup dans cet établissement, je m'en apercevrai au fil du temps, ils ont peur des gourous, seule la science remporte leur adhésion.

Mais j'étais déjà inquiète pour Léa. L'année précédente, je m'étais assuré qu'elle savait le nécessaire. Je l'avais mise devant une série d'éducation sexuelle norvégienne pour ados que j'avais trouvée sur Internet, des petites vidéos avec des sous-titres en anglais, une série où l'on montrait tout et l'on ne s'excusait de rien. L'approche me fascinait. On y montrait une bite de près, au repos, et aussi en érection. On expliquait le mécanisme de la verge, l'irrigation des vaisseaux sanguins. On expliquait comment, où et quand les poils poussaient autour ; quand les testicules se remplissaient. Et tout ça sur une tablette numérique. L'épisode sur le corps des adolescentes s'attardait sur tous les orifices, les seins, les dessins que le duvet était supposé dessiner. J'avais installé Léa près de moi et lui traduisais ce qui était écrit quand elle ne comprenait pas.

« On va regarder ça ensemble, lui avais-je dit, et ensuite, si tu as encore des questions, pose-les. Si tu es gênée, c'est normal, moi aussi je le suis un peu, mais tout est vrai, ce sont les choses telles qu'elles sont, et c'est important de les connaître.

— Telles qu'elles sont ?

— Oui.

— Tu viens de dire *telles qu'elles sont ?*

— Oui, Léa Driman.

— OK, je voulais juste m'en assurer. Eh bien telle que je suis, moi, je te dis que je n'ai aucun problème avec ça. »

Je n'aurais pas pu supporter cela autrement. Je craignais le hasard qui lui imposerait la vue d'une bite pour la première fois de sa vie. Dans du porno sur le Net, dans la main souillée d'un type en train de se masturber en pleine rue. Ou le pervers qui se collerait à son dos dans le bus, vers lequel elle tournerait son visage avant de baisser les yeux pour comprendre, allant jusqu'à penser que c'était à elle de s'excuser. J'envisageais pire que cela même, toute l'histoire de la honte féminine et de ses déboires y passait. Non. Non. Ça n'aurait pas lieu. Je m'y opposais.

Elle avait bien ricané devant l'écran en lâchant des « Oh my God ! », « Grands dieux », « Au secours ». Et moi aussi j'avais ri. Sur les gros plans des queues, elle avait dit : « C'est beaucoup trop d'informations. » Sur les gros plans des vulves, elle avait dit : « Ce sont des images dures. »

J'avais répondu : « Leïki, la vulve est l'ouverture de chaque être, la vulve est la Nature au paroxysme de sa beauté », et elle avait haussé les épaules en disant : « Ha ha. Je n'ai pas l'impression. Elle n'est pas… elle est foutraque. Désolée. » Nous avions ri encore. Elle était satisfaite. Elle avait douze ans, elle avait pu voir et comprendre. De mon adolescence, j'avais gardé le souvenir d'un brouillard entourant la sexualité qui ne présentait strictement aucun avantage. J'étais heureuse que nous ayons tout éclairci.

J'allai aux conférences auxquelles nous fûmes conviés l'année suivante uniquement pour plus de sûreté. Lors de la dernière conférence, je pris place dans l'auditorium au-dessus de la mère d'Arza, qui refaisait sans cesse sa queue-de-cheval avec beaucoup de dextérité, comme négligemment, de fines sandales dorées à ses pieds croisés, prenant des notes dans un cahier d'après les diapos projetées sur un grand écran. Elle écrivait des têtes de chapitre. Des pense-bêtes sur les sujets que nous devions aborder au plus vite à la maison. Le conférencier nous fit si peur, il s'avérait qu'Internet était en train d'envahir la moindre bonne parcelle de la vie de nos enfants, que nous avions été négligents pendant trop longtemps, et que nous ne pouvions peut-être plus réparer le mal causé. Nous nous étions peut-être réveillés trop tard. Je regardai autour de moi. D'autres parents écrivaient fiévreusement. Je sortis aussi du papier et un stylo de mon sac, mais pour griffonner n'importe quoi. J'avais cessé d'écouter.

40.

J'entends parler de Dennis dès le premier jour de Léa au lycée. Il fait partie des enfants que ma fille ne connaît pas du collège, mais Arza, qui a chanté avec lui autrefois dans une chorale, le connaît et n'en est pas fan. « Elle prétend qu'il plane, et il n'a parlé avec personne de toute la journée. Pas un mot ! Et pendant la récré il a sorti un cahier et a dessiné. C'est carrément un extraterrestre », dit Léa.

Sur sa photo de profil sur Facebook, je vois un garçon aux longs cheveux clairs ondulés, un être sublime, songeur et lointain, et quand Léa demande « Alors ? alors ? alors ? » je réponds que la photo est trop petite, et que c'est difficile de se faire un avis. Je garde une marge de manœuvre pour la suite ; dans le futur, je m'extasierai sur lui si nécessaire. Mais Léa pose sa main sur la photo, puis sur sa poitrine : « Je suis amoureuse. »

Je mobilise l'expression qui convient : « Tu es très bête, pour une fille très brillante. »

Elle atterrit sur le canapé en faisant mine de s'évanouir.

Je la laisse tranquille. Dans les mois qui suivent, je suis un public encourageant chacune de ses manifestations d'amour. J'essaie d'être présente à la maison quand elle rentre du lycée avec des histoires à raconter, et désormais ces histoires mènent immanquablement à Dennis – les yeux au ciel, un atterrissage théâtral sur une chaise de la cuisine : « Il est tellement mignon, maman. Impossible de décrire à quel point. » Et elle imite la façon qu'il a de passer la main dans ses cheveux quand il réfléchit, et ce qu'il fait avec sa lèvre inférieure, qu'il mord légèrement. « J'ai un crush de folie, dit-elle. De folie. »

La nuit, au lit, je dis à Meïr : « Elle exagère, elle est trop », et Meïr dit : « C'est rien, elle prend la mesure de la chose, tu connais ta fille, c'est de l'amour dont elle est amoureuse. » Mais cette année-là, il m'accompagne à la première réunion des parents d'élèves, attentif à la liste des noms. Les parents de Dennis sont un couple magnifique mais ont des visages sévères, et ils sont plus âgés que les autres parents. Si clairs. Et pas d'ici. Des Russes. La mère regarde son portable toutes les quelques minutes, et à la fin de la réunion le père reçoit un appel, s'excuse, et sort de la classe.

« Il a de bons gènes, me rassure Meïr sur le chemin du retour. Pour ma part, on peut déjà réserver une salle de réception.

— C'est drôle, dis-je. Vraiment tordant.

— J'ai toujours voulu une belle-mère sexy.

— Oh, boucle-la. »

Les fêtes de septembre sont soudain derrière nous, l'année est à son apogée. Les heures de lumière s'écourtent, les heures d'étude s'allongent. Léa rentre à la maison à dix-sept heures, parfois dix-huit. Deux fois par semaine, elle va directement du lycée à la piscine et rentre alors à vingt heures, déjà douchée, cheveux mouillés et yeux rougis ; comme moi, elle est sensible au chlore. Je hasarde une main vers son visage glacé en lui demandant de porter au moins un bonnet sur le chemin du retour, elle décline dans un sourire. « Tout va bien, maman, je meurs de faim, concentre-toi là-dessus. »

C'est une période où je n'ai pas de raison particulière de me dépêcher de rentrer, et je fais parfois une halte au bureau de Meïr. Il y a des années de cela, pensant qu'il n'y avait plus personne dans les locaux à cette heure tardive, nous avions baisé sur son vieux fauteuil, mais une femme de ménage avait ouvert la porte et nous avait décoché un regard outré avant de décamper. Je nous prépare un thé à la kitchenette du département de Meïr et partage avec lui une viennoiserie achetée en sortant du studio. Ces dernières années, nous avons quasiment cessé de manger tout ce qui est à base de pâte, nous nous permettons ce péché mignon une fois par semaine maximum. « Qu'ils mangent donc de la brioche », dis-je en lui tendant sa part, et il sourit. Mais après le thé et un petit bavardage, je le sens qui ronge son frein, mieux vaut que je parte.

Une fois seule à la maison je guette anxieusement le retour de Léa et de Meïr, comme si j'allais être prise sur le fait, je ne sais pas lequel exactement. Je crains de m'assoupir sur le canapé, d'être endormie lorsqu'ils surgiront, c'est pourquoi je reste toujours debout, mets de l'ordre, lave la vaisselle, fais du ménage, range les armoires. La possibilité qui a commencé à se faufiler en moi est comme une sorte de jeu qui a envahi mes pensées. J'ai la nostalgie du début de ma maternité, je suis à sa recherche.

« Essayez, demande le docteur Schönfler. Il suffit de commencer, avec des mots simples. »

Il veut que je lui parle des relations importantes pour moi aujourd'hui, les relations importantes de ma vie l'ont toujours intéressé. En d'autres temps, j'avais horreur de ce ton pénétré et engageant, la thérapie me mettait mal à l'aise, alors qu'à présent je me livre volontiers.

« J'avais peur de ne pas aimer ma fille, dis-je, j'avais peur de me reconnaître en elle en permanence. »

Le docteur Schönfler n'est manifestement pas satisfait. Il a besoin de l'épicentre de la terreur, de la source des sources. J'ouvre la bouche pour développer, mais il m'arrête.

« Vous aviez peur de l'irréversibilité de la chose ? »

Je ne suis pas sûre d'avoir compris.

« Un enfant vient au monde, dit-il, et il est impossible de revenir en arrière. On ne peut pas annuler un enfant. C'est pour la vie. »

Ma voix s'étrangle.

« Ah, je comprends. Non, non, au contraire, j'avais peur de la réversibilité. C'est de la réversibilité que j'avais peur. »

Nous parlons une petite heure. Le docteur Schönfler est impressionné de voir que j'ai appris à aborder mes problèmes ouvertement. Seize ans se sont écoulés depuis la première fois où je me suis trouvée assise face à lui dans cette pièce, difficile de se souvenir de qui nous étions alors, la vie vous change tellement, pourtant, chaque fois que je suis venue le voir depuis, j'ai eu confiance en lui, comme s'il me connaissait bien. La première fois, une amie m'avait conduite chez lui en voiture et m'avait attendue dehors pour me ramener à la maison. J'avais peur de sortir de chez moi, peur d'entrer dans la voiture, d'en sortir, peur d'entrer dans le centre médical. Une fois dans le cabinet, je m'étais enfoncée dans le fauteuil en retenant ma respiration, comme en apnée. Le docteur Schönfler prenait soin d'avoir des lumières tamisées et d'user du ton mesuré des psychiatres. Il avait posé quelques questions, puis avait suggéré de commencer aussitôt avec deux types de médicaments, un anxiolytique aux effets immédiats, et un traitement à plus long terme. Il avait demandé que je tienne le coup, je m'en souviens très bien. Il avait dit : « Tenez le coup aujourd'hui et demain. Et puis encore un jour. Et encore un jour. Et la semaine prochaine, ça ira déjà mieux. » Il ne s'intéressait pas particulièrement aux circonstances qui m'avaient mise dans cet état. « Le noyau de l'histoire est toujours le même, avait-il dit, l'intrigue est secondaire. » J'avais pourtant raconté, car pour moi l'histoire était de la plus haute importance : une liaison avec un de mes commandants à l'armée, qui avait commencé peu de temps après le début de mon service et avait duré huit ans. Marié, père de trois enfants, « tu sais, n'est-ce pas, que ça compte plus que tout pour moi ». Puis un an de séparations à répétition. Un effondrement psychique. Dix kilos en moins en quatre mois, et trois semaines durant lesquelles je n'étais pas du tout sortie de chez moi. Le docteur Schönfler avait dit : « Pour l'heure ça n'a pas de sens de beaucoup parler, il faut vous stabiliser. » Il se balançait sur sa chaise nerveusement. Il me semblait que seulement quelques minutes étaient passées depuis que j'étais arrivée, mais il s'était écoulé plus d'une heure.

Mon amie m'avait raccompagnée chez moi après la séance, était restée près de moi pour me surveiller tandis que je mangeais une pomme. Tout doucement. L'effort pour avaler était gigantesque. Au bout d'une semaine, je me sentais mieux, et deux semaines plus tard, j'arrivais à la séance chez le docteur Schönfler seule, en taxi. J'étais reconnaissante envers mon amie pour son aide, mais je ne voulais plus la voir et repoussais ses visites. J'avais une autre amie qui venait me voir en cette période difficile, et je m'étais détachée d'elle aussi. Une page blanche, il me semble que c'était mon intention. Je couchai avec quelques hommes, j'avais soif de sortir et d'être de nouveau de plain-pied dans ma vie. Je commençai à travailler au studio de graphisme. Je vis ma mère pour la première fois depuis trois mois en m'excusant d'avoir disparu pendant tout ce temps. « Désolée, j'étais occupée par mon boulot. Je n'ai même pas le temps de souffler. »

À présent, quand le docteur Schönfler me pose la question des relations importantes dans ma vie, ce qu'il entend par là c'est à qui je parle, à qui je me confie.

« Je veux avoir encore une fille, lui dis-je. Léa a treize ans, j'en ai quarante-trois, je veux une fille mais je comprends qu'il se peut que ce soit un garçon qui naisse. J'y suis prête. J'ai fait des examens, je suis toujours fertile. » En fait, dis-je, je suis venue le voir pour qu'il me dise si une autre grossesse risquerait de provoquer une nouvelle crise majeure. Être enceinte de Léa a fait dégringoler mon état à un niveau jamais atteint, j'en suis toujours ébranlée, presque quatorze ans plus tard. « Mais je suis prête à cela aussi. Je veux seulement m'y préparer comme il se doit. C'est-à-dire, qu'adviendra-t-il de Léa ? Si je tombe enceinte et m'effondre de nouveau, que pourra-t-elle faire ? Combien pourra-t-elle encaisser ?

— Et Meïr ? demande le docteur Schönfler.

— Meïr ?

— Que pense Meïr de ce genre de malheur ?

— Je n'en ai pas parlé avec lui, je voulais en parler avec vous d'abord.

— Et vous avez l'intention d'en parler avec lui ? »

Le temps nous modifie au fil des années, je l'ai déjà mentionné, pourtant le docteur Schönfler continue de me connaître mieux que quiconque.

« Bien sûr. Quelle drôle de question. »

Je cesse de prendre la pilule quelque temps plus tard. Quand j'annonce à Meïr mon retard de règles et le résultat du test de grossesse que j'ai fait à la maison, je distingue dans son regard tout ce que j'ai besoin de savoir. Je me laisse simplement une journée avant de prendre rendez-vous dans une clinique privée pour la semaine suivante. L'endroit est immaculé, et le médecin plus que chaleureux.

Le soir qui suit l'IVG, je m'enferme dans les toilettes, pince mon visage et le mouille pour montrer que j'ai pleuré. Quand je ressors, Meïr demande aussitôt « Que s'est-il passé ? » et je le lui raconte. Je sais exactement quoi raconter, j'ai tout lu là-dessus. Un saignement abondant, des contractions violentes vers midi, et maintenant, ça. « Nous n'aurons pas d'autre petite fille », dis-je, et il me serre de longues minutes dans ses bras.

Il y a eu une fois plus ancienne encore, ça me revient, le commencement des commencements. J'avais neuf ou dix ans, j'étais assise en classe et je me suis mise à trembler, quelque chose clochait, je me suis retrouvée soudain chez l'infirmière, et mon père a surgi, ma mère m'attendait à la maison. Quelqu'un est venu, un médecin. Il voulait seulement parler et poser des questions. Après, j'ai manqué l'école, je ne me souviens plus combien de temps exactement. La maîtresse appelait tous les jours ou tous les deux jours et s'entretenait avec ma mère au téléphone. Je commençai à avaler des médicaments que ma mère appelait des gélules. Elle n'était pas dans le déni, mais trouvait aux choses des noms qui la rassuraient. Chaque matin, mes gélules m'attendaient sur une petite assiette dans la cuisine. Je ne me souviens pas de quand j'ai cessé de les prendre, et comment cela a été décidé. Je suis de nouveau devenue une enfant banale et il n'y eut plus de problèmes avec moi. Je me réveillais encore parfois baignée par un sentiment qui n'était ni une phobie ni de la culpabilité – un dessin à l'encre tremblotant dans les eaux de l'âme – puis tout s'évaporait. Je ne comprenais peut-être pas l'importance de mon enfance, ou bien je la comprenais et je prenais soin de retenir uniquement ce qui pouvait me servir, puisque j'ai oublié cela pendant des années, peut-être jusqu'à présent.

41.

Ma voisine Ora a toqué à ma porte au retour de deux semaines de voyage organisé en Europe. Où exactement ? Cela m'échappait soudain. France, Hollande, Belgique peut-être ? Elle avait l'air en pleine forme, et rayonnait avec sa nouvelle coupe de cheveux. Elle a dit : « Fais-moi un café. J'ai quelque chose à te raconter, tu ne vas pas me croire. »

Je n'aimais pas lorsqu'elle pétillait ainsi. Elle parlait d'une voix trop forte. Mais je voulais entendre son histoire. Nous étions devenues plus proches depuis la mort de Meïr. Ce n'était pas une amitié non plus, je m'abstenais de ce genre de lien et j'avais déjà rompu avec la plupart de mes relations. Je ne voulais parler à personne de Léa, du fait qu'elle m'évitait, et que, ces dernières années, je ne l'avais appelée que lorsque j'étais capable de supporter la froideur de sa voix. J'en avais honte, je ne voulais pas être interrogée, avoir à expliquer, mais à présent que j'étais assise près d'Ora, j'étais contente qu'elle soit venue.

C'était un voyage magnifique, dit Ora. Un bon groupe, tout le monde était ponctuel à part un veuf, pas vieux d'ailleurs. Raphaël. Rafi. Tellement agaçant. À chaque trajet, il insistait pour être assis près d'une fenêtre au prétexte qu'il souffrait de nausées. Le guide aussi était excellent. Mais bon, il expliquait beaucoup, ils donnent toujours trop d'explications. Combien de détails peut-on ingurgiter ? Mais sympa, un type de Haïfa qui a étudié au Technion.

Ce qui était survenu avait eu lieu à Groningue – une ville mignonne, mignonnette, toute la Hollande est ainsi –, ils avaient visité le Musée maritime et ensuite ils avaient eu droit à une demi-heure de quartier libre, puis tout le monde était revenu au car à part Rafi, que tout le monde attendait, comme d'habitude. Et elle, Ora, elle s'était installée à sa place et regardait par la fenêtre. Deux charmantes petites filles étaient assises près de la fontaine, et elle avait pensé : « Qu'est-ce qu'elles sont adorables, où est leur maman ? » C'est alors qu'elle avait vu la maman, sur un banc, non loin de là, qui les surveillait du regard.

« Je l'ai regardée, a raconté Ora, j'ai plissé les yeux, je n'arrivais pas à y croire. »

J'ai serré la tasse de café dans ma main. Ces derniers mois, je n'avais parlé à Léa qu'une fois. Elle était en Thaïlande, m'avait-elle dit, dans une petite ferme écolo où elle avait trouvé du travail. Principalement de la cuisine, parfois du ménage. Je n'avais pas posé de questions, je l'avais laissé parler, je ne voulais pas la prendre en défaut. À présent, j'essayais de porter la tasse à mes lèvres, mais mes mains tremblaient.

Ora n'a pas d'enfants. Pas de permis de conduire. Elle n'a jamais partagé sa vie avec quelqu'un. Les évitements de ceci, de cela et de ça encore, étaient reliés les uns aux autres, c'était la même partie d'elle qui ne fonctionnait pas.

« J'ai pensé que je devenais folle, a-t-elle poursuivi. Je l'ai regardée. "Léa ? La Léa de Yoëlla ? Qu'est-ce qu'elle fait là ? Pas possible. C'est Léa ? Elle lui ressemble tellement, c'est son sosie !" Je me suis levée, j'ai dit au chauffeur : "Attendez, attendez-moi un moment", je suis descendue de l'autocar et je suis allée vers elles, je ne sais pas dans quel but exactement, ni ce que je m'imaginais. J'ai pensé : "Je vais peut-être la prendre en photo pour Yoëlla ? Il faut qu'elle voie ça, il le faut absolument." »

Ora a fait une pause, l'air lui manquait, elle était toute retournée. J'avais toujours eu pitié d'elle, et je pensais : « C'est facile de marquer au fer les gens seuls. Qui se porte garant d'eux, au fond ? Qui les voit dès lors qu'ils disparaissent derrière leur porte ? » Je n'avais jamais cherché à lui porter préjudice, mais je ne l'aimais pas, tout simplement.

« Elles étaient à deux cents mètres de moi, a-t-elle poursuivi. Je ne savais que faire. "Quoi, c'est Léa ? Mais elle est en Inde, ou en Thaïlande, je ne me souviens plus, elle est dans toutes sortes d'endroits, qu'est-ce qu'elle ficherait ici ?" Je ne savais pas si je devais lui faire signe, peut-être l'appeler ? Elle allait certainement penser que j'étais folle. J'ai agité la main. Elle n'a pas agité la sienne en retour. Je voulais crier "Léa, Léa !" mais j'étais gênée, ce n'était pas elle, c'était impossible. Mais quand même : son sosie parfait ! Et alors, Rafi est arrivé en courant, le chauffeur m'a demandé de revenir, et la femme, enfin, Léa, est allée vers les petites filles, leur a pris la main et elles ont commencé à marcher. Je suis tellement désolée de ne pas les avoir prises en photo. Tu ne pourrais pas le croire, Yoëlla. C'était Léa. Clairement Léa. »

J'ai réussi à sourire. J'ai dit : « Quelle histoire. »

Je ne vais pas parvenir à raconter les jours qui ont suivi. Je dirai que dès que j'ai su où chercher ma fille, je l'ai trouvée facilement. Elle vivait à Groningue, était mariée à Johan Dappersma, ils avaient deux filles, Lotte et Sanne. Plusieurs mois s'écouleraient jusqu'à ce que je découvre des photos de Lotte sur Internet. Et aussi une photo de Johan. Puis une vidéo de l'anniversaire de Sanne, d'une durée de onze secondes. Et dessus, il y aurait Léa.

Depuis mon premier jour de travail à la bibliothèque, je me méfiais du contact visuel, en particulier de ceux qui ne demandaient qu'à engager la conversation. Mais la seconde fois où Art s'approcha du comptoir pour prendre les livres qu'il avait commandés, je lui souris en retour. Je l'avais déjà remarqué, et je savais qu'il empruntait parfois des livres en allemand et en néerlandais. Je voulais voyager en Hollande, j'avais déjà décidé d'y aller, mais je ne pouvais pas le faire tout simplement. Pas complètement seule. J'avais besoin de lui. Je voulais quelqu'un qui m'attendrait à mon retour.

C'était l'époque où, durant les longues nuits seule à la maison, sans Meïr, sans Léa, je cherchais à retrouver nos traces par tous les moyens. Je mis la main dans ma boîte mail sur quelques petites vidéos que je m'étais envoyées plusieurs années auparavant – je m'en étais souvenu soudain et les avais cherchées fiévreusement. Il n'y avait plus le son, quelque chose s'était altéré avec le temps, mais tout le reste était là. La course-poursuite. Léa à quatre pattes dans le salon, son petit derrière gonflé par une énorme couche, et Meïr à quatre pattes derrière elle. Essoufflée, elle s'arrête un instant, s'assied pour jeter un coup d'œil en arrière puis continue, avec une expression de frayeur qui est aussi du plaisir. Le père attrape sa fille, et tous deux roulent sur le tapis, la bouche de Léa s'ouvre dans un éclat de rire. Sur une autre vidéo, elle est assise dans une bassine de linge, enfile pour la première fois une culotte, et dans la vidéo suivante elle a déjà sept ans et reçoit sa première paire de lunettes. Je la lui tends – je suis passée la prendre chez l'opticien sur le trajet de retour du travail –, elle la chausse précautionneusement, puis lève les yeux vers moi, la bouche plissée d'étonnement.

Nous cuisinions parfois ensemble. J'installais une chaise près de moi dans la cuisine et elle mélangeait des ingrédients pour préparer un gâteau, ou bien tranchait soigneusement des crudités pour une salade, et quand elle se coupait malgré tout, nous nous en occupions sereinement. Rincer, mettre du désinfectant, un pansement. Les pansements lui procuraient beaucoup de fierté, elle refusait de les enlever, y compris quand ils noircissaient. J'ai des photos d'elle tout enfarinée. Des photos avec une moustache de pâte. Partout elle rit, elle éclate de rire. Meïr aussi apparaît sur certaines photos. Il ne regarde pas l'objectif, il regarde sa fille, le visage inondé d'amour. Sur le cliché qui est encore plaqué sur le réfrigérateur, on voit Léa debout, penchée en avant, les bras écartés pour garder l'équilibre, le visage déformé de bonheur. Ce sont ses premiers pas, de quatre pattes elle était passée à deux, découvrant les hauteurs enivrantes des bipèdes. Meïr lui ouvre les bras. Je regardais ces photos encore et encore. Sans elles, je n'aurais pas pu y croire. Qu'il y avait eu de la joie. Que je ne l'avais pas inventée.

Qui aurais-je pu interroger sur nous ? Meïr était mort, Léa était partie loin. Je ne pouvais en aucun cas questionner ma mère. Chacun reconstitue ses souvenirs selon ses besoins, ma mère plus que quiconque.

Je regardais ces vidéos et ces photos chaque nuit et m'en détachais uniquement lorsque mes yeux commençaient à piquer. Submergée par les pensées, je restais allongée sur le canapé du salon. L'été de ses quatre ans, Léa avait élevé une vieille brosse à dents. Elle lui avait préparé un berceau dans une boîte de fromage frais et la nourrissait avec un minibiberon en verre sale où un liquide de la couleur du lait s'écoulait sans fin. De quoi était fait ce lait pour poupée ? Il me dégoûtait. Je craignais peut-être que le petit biberon ne se casse un de ces jours. J'avais fini par le jeter à la poubelle, et Léa l'avait cherché désespérément pendant plusieurs jours. Elle avait longuement consolé la brosse à dents. Allongée au salon, je me demandais : « Pourquoi l'ai-je jeté ? J'ai fait ça pour elle, je ne savais pas faire autrement, c'est pourquoi j'ai agi ainsi. » À l'époque, j'avais compris mon acte, mais à présent, je le regrettais.

Pendant des années, j'ai effacé les traces de Léa alors qu'elle était près de moi, le temps filait, s'écrasant lui-même sur son passage. Quand elle eut cinq ans, je m'étonnai des photos où elle en avait trois. Quand elle eut sept ans, j'eus du mal à me souvenir de la petite fille qui en avait eu cinq. À dix ans, le bébé qu'elle avait été s'était complètement évaporé de mon esprit. Je ne me souvenais plus de l'âge auquel elle avait marché, quand sa première dent avait poussé, comment elle s'était séparée de Carmela, son doudou qui puait la salive et la sueur. Contrairement à moi, qui ne me souvenais de rien, ma mère se souvenait de tout, non seulement en ce qui concernait Léa, mais en ce qui me concernait aussi. Elle disait : « Tu souffrais tellement d'otites et de conjonctivites, tu prenais froid en un clin d'œil dès que l'hiver pointait. » Et un jour elle m'avait raconté : « Le premier mot que tu as prononcé est "viens". » Pourtant, ce n'était que sur quelques vieilles photos que son amour pour moi m'apparaissait clairement. Sur l'une d'elles, nous sommes sur une margelle dans l'herbe, elle porte une robe d'été et ses cheveux – habituellement ramassés en coiffure d'infirmière – sont lâchés sur ses épaules. Sur ce cliché sa jeunesse est inimaginable, elle me soutient de ses deux mains pour que je tienne debout, elle me couve d'un regard qui est presque de la fascination, presque de la soumission. Elle m'aimait. C'est l'affection qui était problématique. Mais les histoires de mères et filles partent toujours du milieu, on retourne en arrière jusqu'au point de départ, mais il n'y en a pas. C'est simple et c'est tordu : le commencement ne cesse de se dérober derrière nous. C'est comme l'univers, ou les nombres, il n'y a pas de commencement.

Une nuit, je me réveille en sursaut, le corps tout secoué. On m'a de nouveau annoncé en rêve une maladie fatale que j'ai contractée, une maladie qui m'a déjà ébranlée par le passé, et que j'ai laissé filer de ma mémoire.

Une seule fois durant nos années passées ensemble, j'ai pris appui sur Léa dans un moment de peine. Je sentais que Meïr voulait quitter la maison et je refusais de dormir avec lui. Je me glissais dans le lit de ma fille la nuit, elle se tournait aussitôt vers moi, m'entourant de la chaleur de son corps parfait qui n'exigeait rien, qui prodiguait seulement sa douceur. J'étais toujours anxieuse dans les bras de Meïr, tandis que Léa, du haut de ses douze ans, me tenait comme si elle savait tout du contact entre les êtres, et savait totalement comment m'apaiser. Cette semaine-là, je m'étais endormie près d'elle chaque soir, elle était le remède, sept jours sur sept. Nous avons surmonté cela. Je n'ai jamais su ce qui avait mis fin à l'histoire, je savais qu'il s'agissait d'une de ses étudiantes, je l'avais peut-être même vue sur le campus, de loin, seule, et j'avais su que c'était elle. J'avais su comme on sait certaines choses. Ça avait pris fin, et j'étais retournée dormir dans notre lit.

L'été suivant je tombai enceinte. J'avais quarante-trois ans et Meïr cinquante-neuf, et je le lui dis avec émotion et crainte. J'ignorais ce que j'allais voir dans ses yeux, jusqu'au moment où je le vis. C'est ainsi que je me suis débarrassée de cette grossesse. Je n'étais pas en colère, j'étais soulagée. Non, en réalité j'étais en colère.

Mais si c'était moi qui avais quitté Meïr, qu'aurais-je fait avec Léa ? Avec qui l'aurais-je aimée ? Ses longues journées de travail, ses déplacements, ses colloques, l'amour tranquille, paternel, presque médical avec lequel Meïr m'avait aimée après la naissance de notre fille – je pouvais continuer ainsi. Sans Meïr, avec qui aurais-je parlé de Léa ? À qui aurais-je envoyé les photos que je prenais d'elle ? Seul Meïr l'aimait comme je l'aimais, s'y intéressait comme je m'y intéressais. Dans ses yeux seuls je pouvais voir une étincelle à l'évocation de son nom. Je ne pouvais le quitter. J'avais Léa, je savais que je ne serais pas seule, qu'avec Léa je ne serais plus jamais seule, pourtant j'avais besoin de Meïr, j'avais besoin qu'il nous voie. Ce n'était pas du tout une vie ratée, elle m'allait bien.

42.

Sur le chemin de retour du travail, je vois un gros livre sur les femmes et la folie posé sur un banc. Je le prends et l'ouvre au hasard. *Dans le monde chrétien, chaque tableau, chaque statue présente le portrait de Vierges se préoccupant de la survie de leur rejeton de sexe masculin, et qui lui sont entièrement dévouées.* Je saute à la page suivante. *Les petites filles,* lis-je, *les femelles, sont systématiquement privées de vie maritale : non à la vie de couple ; elles sont destinées à nourrir physiquement, à transmettre une force et une humanité qui leur viennent de leurs aînées du même sexe.*

Je n'ai jamais entendu parler de ce livre, abandonné sur un banc, à côté d'une bouilloire électrique crade et d'une pile d'exemplaires d'une élégante revue de psychologie. Je l'embarque avec quelques exemplaires, fais quelques pas, me ravise et je remets le tout à la même place. Ils ont une odeur de poussière, d'épices et de graisse brûlée qui me rappelle mes mois de grossesse. Mais quand j'arrive à la maison, je décrète que je retournerai jusqu'au banc dans la soirée, et si le livre y est toujours, je le prendrai.

43.

Vers la fin de la seconde, nous sommes invités à une journée parents-élèves au lycée. Meïr ne pourra pas venir, il est en Allemagne pour un colloque, mais moi j'irai, et j'aiderai à préparer la salle. Chaque famille doit apporter un de ses plats préférés. Nous, ce sera la quiche aux champignons que j'ai appris à faire avec ma mère. L'activité se fera par groupes, m'explique Léa. Quatre élèves et leurs parents autour d'une table ; nous lirons les feuilles qui nous seront distribuées, nous en discuterons et répondrons aux questions. Puis on terminera par le repas.

Léa est silencieuse sur le chemin du lycée. Mais comme ces derniers mois elle est plus silencieuse que d'habitude, je n'ai pas de raison précise de m'inquiéter. Quand nous nous sommes habillées pour sortir, elle a enfilé une robe et des bottes, a noué une sorte de tresse, puis elle est rentrée dans sa chambre et en est ressortie en jean et sweat-shirt, cheveux lâchés, ses vieilles baskets aux pieds. Je n'ai pas posé de questions, mais maintenant que nous sommes dans la voiture, je demande :

« Alors, comment tu vas ?

— Bien. Tout va bien. »

Desséchées et rougies depuis l'hiver, ses mains sont posées sur ses genoux. Elle a une bonne peau qu'elle tient de moi, mais souffre d'engelures quand il fait froid.

À partir de là, la reconstitution se complexifie. Je ne veux rien inventer. Pour y parvenir, il me faut oublier tout ce que je ne pouvais m'imaginer alors, séparer les temps, et c'est là le problème. Le cerveau ne sait pas faire cela.

Deux filles étaient déjà là lorsque nous sommes entrées dans la classe. La prof principale est arrivée à notre suite et nous a expliqué ce que nous devions déplacer et faire. Nous nous y sommes mises en poussant des tables dans un vacarme épouvantable et j'ai senti – cela m'était déjà arrivé – que j'étais à deux doigts d'exploser, de les engueuler en disant qu'on pouvait soulever les tables, plutôt que les traîner. Je ne savais pas comment formuler cela sans rugir. Comment parler sans mettre Léa mal à l'aise. Le hurlement grinçant du métal sur le carrelage m'écorchait l'intérieur du crâne, mais je restais aimable, regardais ma montre et souriais. Je calculai que Meïr était déjà dans le train. Je savais qu'il devait atterrir à Munich, puis prendre un train pour Augsbourg, pourquoi ne m'avait-il pas encore envoyé de texto ? Le bruit autour de moi me déconcentrait, et me dérobait une certitude en lui conférant un caractère stupide. Meïr m'aimait.

Il nous aimait. Pendant toutes nos années de vie commune c'était arrivé une seule fois, avec une seule étudiante, le temps d'un hiver, et lorsqu'il m'était revenu, c'était bien lui, tout entier, qu'est-ce qui pouvait m'inquiéter ? J'étais peut-être déçue par moi-même, de m'être habituée à des rapports qui avaient laissé une petite lumière rouge allumée en permanence dans ma tête, en particulier lorsqu'il voyageait seul et loin.

Tout le monde arriva presque en même temps, la classe se remplit d'une manière qui abolit toute hiérarchie, ce n'était déjà plus important de savoir qui était arrivé en premier, qui avait disposé et traîné les tables, tout le monde bavardait. Arza aussi est arrivée, et s'est jetée sur Léa pour l'embrasser. Il m'a semblé un instant qu'elle était venue seule, mais c'est alors que j'ai aperçu sa mère, aussi belle que sa fille mais moins souriante, sérieuse, et je lui ai souri en agitant légèrement la main. L'amitié entre nos filles devait être un peu la nôtre, ça avait toujours été ainsi avec les amis de Léa, mais la mère d'Arza, si tant est qu'elle m'avait remarquée, ne semblait pas disposée de la même manière. Elle regardait de mon côté mais pas moi, puis quelqu'un d'autre, une autre mère, lui toucha l'épaule, et elles se mirent à bavarder. Le brouhaha dans la classe était insupportable. Du verbiage, des cris, l'odeur de la foule comprimée. Je m'apprêtais à sortir un instant dans le couloir pour respirer, et peut-être appeler Meïr, mais, alors que j'allais passer le pas de la porte, il apparut. Dennis. Je le reconnus d'après la photo de profil que Léa m'avait montrée, celle qu'elle effleurait sur l'écran du bout des doigts avant de l'embrasser. On ne voyait pas grand-chose sur cette photo, mais on en voyait suffisamment. Les longs cheveux blonds. Un visage qui n'était pas d'ici. La prof prit place près du tableau et demanda « Silence, silence s'il vous plaît », puis elle commença à parler. « Bonsoir, c'est fantastique de se retrouver tous ensemble, nous allons bientôt commencer l'activité. » Ensuite elle dit qu'elle allait annoncer la répartition des groupes et les numéros de table, et que nous devions tous nous asseoir.

Aujourd'hui, je sais ce qui s'est passé, mais ce soir-là des choses se sont mélangées. Meïr ne m'a ni écrit ni téléphoné, j'étais inquiète, je faisais exprès de l'être, dans le vacarme de la classe autour de moi, l'inquiétude était une protection, même si j'ignorais de quoi. Je cherchais des yeux Léa, qui était à l'autre bout de la salle, à côté d'Arza et de sa mère, et malgré la foule et la distance, je voyais que ma fille était toute pâle et qu'elle n'allait pas bien. La prof continua de faire l'appel, et tandis que les gens se dirigeaient vers leur place, je vis Dennis se dépêcher d'entrer et d'aller vers la prof, qui lui fit un signe agacé de la main. Pas maintenant. Ça suffit. J'ai de nouveau regardé Léa, et j'ai compris sans comprendre.

Nous nous asseyons. Léa et moi, Ronit et sa mère, Ofir et son père. Dennis, qui était censé s'asseoir avec nous – la prof a clairement lu son nom dans notre groupe –, s'est assis à une autre table, c'est pourquoi ils sont neuf dans son groupe, et nous ne sommes que six. Ses parents ne sont pas venus ? Il est seul ? Je les cherche du regard, mais ils ne sont pas là. Dennis est seul. Libre comme un orphelin. Je regarde Léa, près de moi. Ses mains sèches tremblent et ses yeux sont remplis de larmes. Je lui prends une main sous la table et la serre jusqu'à ce que le tremblement s'atténue. La discussion autour de la table commence, de longues minutes s'écoulent jusqu'à ce que Léa parvienne à parler.

44.

Je suis retournée deux fois à Groningue après mon premier voyage, et je n'ai pas réussi à m'approcher de nouveau de la fenêtre. C'est la stricte vérité, je raconte tout. Je me suis arrêtée au bout de la rue, et je suis revenue sur mes pas.

Je savais où travaillait Johan, je lui avais écrit à deux reprises sans qu'il me réponde, mais je pouvais le trouver et me poster face à lui. Je pouvais ne pas lui laisser le choix. Qui peut se dissimuler dans nos vies, dans notre époque ? Personne. En particulier si on le cherche.

Le mari de ma fille enseignait à l'école de théâtre près du port situé à l'est de la ville, The Lancering Theater Academy, un bâtiment de béton et de verre qui se dressait vers le ciel gris et s'y intégrait parfaitement. Cette fois-là, je m'installai au café sur le trottoir d'en face. Des dizaines de vélos et quelques motos étaient garés là, saturant le regard de métal et de tension. Un silence exagéré et incongru régnait, semblant déséquilibrer la ville. De temps à autre, des élèves du

Lancering traversaient la rue, entraient dans le café et n'avaient d'yeux que pour les propositions les moins chères de la carte. Expresso, soda, viennoiserie. C'est fou comme les gens peuvent être jeunes. Un garçon piercé aux cheveux roses chantonnait en attendant sa commande au comptoir et je pensai : « Le futur tend ses filets si insidieusement, c'est difficile de le comprendre avant qu'il ne soit trop tard. » Trois jeunes filles assises à la table près de moi se levèrent pour partir et s'enlacèrent avec naturel, fines et spontanées. Léa avait-elle arpenté ces lieux de la même manière, comme si le monde lui appartenait ? Avait-elle embrassé ainsi chacun et chaque chose ? Elle avait été l'élève de Johan, et lorsque je l'avais trouvée sur le Net sous son nouveau nom, j'avais vu une photo de Johan qu'elle avait postée sept ans auparavant avec pour légende, en néerlandais, « Mon professeur de théâtre ». Mais je ne pouvais toujours pas l'imaginer s'asseoir dans ce café, riant avec légèreté, secouant ainsi ses cheveux lâchés puis les nouant de nouveau, comme une fille qui se connaît bien depuis toujours. Johan avait au moins quinze ans de plus qu'elle. Je comprenais ce qu'il pouvait lui donner.

Il sortit enfin du bâtiment, seul. Grand et mince dans une veste chaude, une trousse en cuir à la main, on aurait presque cru un médecin de campagne. Je le reconnus facilement. J'avais étudié son visage sur les photos, je savais de quoi il avait l'air, mais ne l'imaginais pas si grand. J'avais réglé l'addition en avance afin de pouvoir partir dès que je le désirerais, je me levai et traversai la rue. Il tourna à gauche dans la rue principale, je bifurquai à sa suite. Nous marchions. J'avais déjà fait cela, il y a des années, j'avais suivi Meïr sans qu'il s'en aperçoive lors d'un malheureux hiver, je savais comment m'y prendre. Johan avançait rapidement en direction de l'arrêt de bus où il s'arrêta, posa son sac par terre entre ses jambes et fouilla dans ses poches. Je ne ralentis pas l'allure, j'attendais le détonateur qui me permettrait d'agir sans penser, comme lorsque l'on saute de très haut, et je le voyais déjà de près, mais il leva les yeux vers moi et je poursuivis mon chemin. Un visage de portrait-robot. Une harmonie seulement partielle dans les traits du visage. Je m'imaginais que ça fonctionnait très bien auprès de ma fille, cette légère distorsion entre le front et le nez, les lèvres, cela avait éveillé en elle un intérêt qu'elle ne pouvait pas expliquer. Mais la possibilité qu'il n'ait pas reconnu en moi la mère de Léa semblait soudain inenvisageable, et ridicule. Je n'étais pas une personne de plus qui passait devant lui, j'étais la mère, ses filles étaient mes petites-filles, nous étions liés par un lien qui ne pouvait pas ne pas laisser une empreinte dans le monde. Je lui avais envoyé des lettres, il connaissait mon existence, il savait que je le cherchais, pourtant son visage était resté fermé lorsqu'il m'avait vue. À ses yeux, j'étais une femme quelconque vaquant à ses occupations. Mais il était comédien après tout, et il savait très bien modeler son visage selon sa volonté afin de ne pas trahir ses pensées. Je continuai d'avancer. J'en savais déjà plus qu'il ne pouvait imaginer sur lui et ses filles. J'avais déployé tous les moyens possibles dans mes recherches et accumulé des détails qui me permettaient de me les représenter mentalement tous les trois ; pourtant, je tâtonnais encore. J'étais dans l'obscurité. Les petites et lui aimaient Léa, mais ils la détenaient aussi. Le cœur battant, soudain prise de vertige, j'atteignis le bout de la rue. J'avais peut-être marché trop vite, tout était arrivé si vite, j'avais un problème, j'étais trop agitée, et je pensai : « Demain je lui parlerai, demain je l'attendrai à l'extérieur du bâtiment et je l'interpellerai dès qu'il en sortira. » Aujourd'hui avait été seulement le jour de l'intention, c'était une préparation. Je m'assis dans le petit café dans lequel j'avais trouvé refuge, jusqu'à ce que mes jambes cessent de trembler si fort que je les cachais sous la table en appuyant sur elles avec la paume de mes mains.

Ce soir-là, lorsque la nuit tomba, j'allai de nouveau dans leur quartier, errant dans les rues adjacentes de leur maison. Le glacier, la pharmacie, le jardin. Ici, les toboggans sur lesquels glissent mes petites-filles. Là, le banc sur lequel ma fille s'installe pour les surveiller. Ces balançoires les entraînent tout là-haut, ce sable entre dans leurs chaussures. De ce manège Lotte est tombée une fois, s'est blessée à la tête et a été emmenée à l'hôpital. Ce sont des choses qui arrivent. Le vieux quartier me faisait une impression tranquille, pourtant des oiseaux de nuit y erraient, et il fallait que je m'assure que ma fille saurait protéger ses filles. J'arrivai devant leur école, avec son garage à vélos vide, et son terrain de basket qui dans l'obscurité ressemblait à une piscine. Je longeai la petite clôture jusqu'au portail ouvert. Tout était ouvert devant moi.

Mais je craignais d'attirer l'attention de quelqu'un, et, de toute façon, je ne voulais pas aller plus loin. Je ne fis pas de bêtises et ne poussai pas plus loin. Je caressai la clôture.

45.

Au début de mes recherches sur mes petites-filles, j'avais passé des nuits blanches. J'espérais les trouver. J'espérais ne pas les trouver. La transgression m'apparaissait clairement. J'entrais maintes fois sur les mêmes sites Internet en faisant défiler les mêmes listes et les mêmes photos, je scrutais chaque visage, comme si quelque chose pouvait soudain se réaliser, se révéler dans une nouvelle lumière. Je pouvais les trouver à chaque instant, et je les trouvai en effet. Lotte Dappersma. Sanne Dappersma. Lorsque je les localisai pour la première fois, elles avaient cinq et six ans, puis elles grandirent doucement. Six et sept. Écolières à l'école primaire De Lange Bruh, « le pont long ». Élèves au conservatoire du quartier. Lotte à la guitare, Sanne à la flûte. Quand je parvins à identifier le compte Instagram de Johan, j'attrapai une bronchite qui me cloua au lit pendant plusieurs jours. Les détails les plus incongrus de leur vie intime m'étaient désormais accessibles. Le modèle de rideaux dans la chambre des filles, le cercle de lumière dessiné par la lampe de chevet de Lotte, l'écriture ronde de Sanne et son penchant pour les cœurs verts. Sanne semblait plus légère que sa sœur, plus maligne. Une tête coquine. Je me dis que le jour venu, ce serait plus simple avec elle. Aucune des deux ne rappelait Léa, que ce soit par son physique, son expression, ou par le genre de femme niché en elle et qui s'épanouirait un jour. Des petits nez droits. Des chevelures fluides et dorées qui pouvaient se figer autour de leur visage en plein mouvement, vivantes comme des chiots, qui me donnaient envie de les humer et d'y plonger la main. Mais je gardais encore la raison. Tant que mes petites-filles se révélaient à moi sur des photos, je supportais l'épreuve. J'identifiais déjà des camarades de classe de Lotte et quelques parents, je savais exactement ce que je faisais, j'identifiais également deux de ses camarades du conservatoire. La mère de l'une d'elles, Maria Koch, avait mis en ligne une petite vidéo du spectacle de fin d'année. La caméra faisait le point sur Maria, une fillette très pâle, également flûtiste. J'avais regardé les premières secondes, puis appuyé sur « pause » pour me calmer. Ce n'était qu'après une longue heure que j'avais pu visionner la suite. Non loin de Maria se trouvait Lotte, au bord de l'écran. Encore et encore, dix fois, vingt, autant que je voulais.

Quelques semaines plus tard, comme s'ils ne percevaient pas du tout ma présence, comme s'ils n'avaient même pas conscience de mon existence, comme s'il n'y avait aucun risque qu'ils soient dévoilés à mes yeux et que je les observe de loin, Johan mit en ligne une vidéo de l'anniversaire de Sanne où ils apparaissaient tous. Onze secondes. Je dois dire que voir mes petites-filles en vidéo était au-dessus de mes forces. Je dois dire aussi que j'ai été terrassée par la vision de Léa attachant les cheveux de Sanne penchée sur le gâteau, au moment de souffler les bougies, puis applaudissant. En un instant elles devenaient ses filles, dans tous les sens du terme ; la ressemblance tapie sous les traits, dans une strate plus profonde, se transforma en une vague prodigieuse qui me flanqua par terre. Succédèrent des jours de forte fièvre, de sommeil dément et d'hallucinations ; elle aurait pu devenir religieuse, rejoindre une secte, céder à une force qui l'aurait arrachée à elle-même. Mais elle était restée Léa. Elle était Léa, et elle ne voulait plus être ma fille.

L'article surgit devant moi dans l'une de mes errances sur Internet et je le lis, effrayée, comme si je m'étais de nouveau glissée devant leur fenêtre à Groningue. « Les enfants hollandais sont les plus heureux au monde. » Ensuite, je lis tout ce que je peux trouver sur ce qui a trait à mes petites-filles : des études, des statistiques, des reportages. Jusqu'à présent, je n'avais pas pensé que je pouvais apprendre des choses sur elles de cette manière. De ce que je lis, j'ai l'impression que la famille est au cœur de la vie en Hollande, mais que les petites filles hollandaises ne sont pas pour autant des prolongements de leurs parents. Apparemment, dès le plus jeune âge elles ont le droit de sortir seules de la maison et de prendre soin d'elles ; dans la vie des petites Hollandaises, il n'y a pas de mauvais temps, mais seulement des vêtements qui conviennent à chaque météo ; la spontanéité est appréciée et encouragée ; et, comme le vacarme des jeux n'est pas considéré comme une gêne par les adultes, il semblerait qu'elles sachent parfaitement faire entendre leur voix, et comment se faire écouter.

Je compose une image dans ma tête. Elles n'ont pas de devoirs jusqu'à dix ans et montent à vélo avec le même naturel qu'elles font de la marche. Elles mangent des frites avec de la mayonnaise et, au lieu d'avoir des parapluies, elles ont de grands cirés à capuche qu'elles portent sans enthousiasme car elles trouvent qu'ils fichent la honte. Lorsque l'une d'elles fête son anniversaire, c'est la famille entière qui reçoit des vœux, et lorsque les membres de la famille fêtent leur anniversaire à leur tour, les amis les félicitent aussi. Quand elles grandissent, elles accueillent leurs amis avec trois bises – un côté, puis l'autre, puis de nouveau le premier. Je lis également que le taux de grossesse chez les jeunes filles est le plus bas au monde en Hollande, ainsi que le taux d'addiction à la boisson, et qu'elles sont les jeunes filles les plus grandes de toute la planète.

46.

Je ne repris pas place dans le café. La veille, c'était le passage de la position assise à la marche qui m'avait été fatal, je l'avais compris, et j'avais pris la décision de rester debout, mais comment ? Que faire ? Je m'arrêtai à l'écart du bâtiment, à une trentaine de mètres plus loin sur la rue, pour surveiller à la fois les allées et venues, mais aussi regarder autour de moi tranquillement, être une femme qui attend des choses banales, qui a rendez-vous avec quelqu'un. Je restai debout deux heures. N'importe qui à ma place se serait fatigué. J'avais mal au dos, la lanière de mon sac me cisaillait l'épaule. Lorsque Johan sortit du bâtiment, je lui emboîtai le pas en prenant soin cette fois de marcher sans hâte. J'économisais mes forces. Je le suivis jusqu'à l'arrêt de bus, et poursuivis sur quelques mètres avant de m'arrêter. Un homme âgé qui attendait le bus s'adressa à lui sans que je puisse entendre ce qu'il disait, je n'aurais rien compris de toute façon. Le mari de ma fille sourit au vieux et lui répondit gentiment ; il était manifeste qu'il était le genre d'homme qui ne renonce jamais à la politesse, hollandais sous toutes les coutures. Il était difficile de savoir où se terminaient chez lui les bonnes manières et où commençait sa personnalité. Je ne m'attendais pas à ce qu'il me sourie à moi aussi, je savais qu'il ne le ferait pas. J'avais l'intention de lui en dire le strict minimum. Pas d'exagération. Pas de larmes, grands dieux, pas de larmes. « Léa n'est pas bien. » Voilà ce que je dirais d'abord. « Elle n'est pas bien, c'est une énigme, ma fille est une énigme. » J'espérais qu'il ne me parlerait pas d'elle tout de suite, qu'il n'oublierait pas sa loyauté au passage et ne céderait pas, on était deux dans cette histoire, il fallait qu'il le sache, je l'examinerais tout autant que lui le ferait avec moi. Je voulais m'en tenir à ce que j'avais l'intention de lui dire : que j'étais là et que je reviendrais, que je ne renoncerais pas à essayer, que je viendrais sans questions ni conditions, sans reprocher à Léa sa disparition. Mais que je ne la laisserais pas. « Je ne la laisserai pas. » Je voulais lui dire avec douceur que ses filles étaient aussi mes petites-filles. « Ce sont mes petites-filles. » Et combien je voulais les connaître. Je tenais dans ma main une carte que j'avais préparée avec mon numéro de téléphone et mon adresse, et je me suis approchée, j'étais déjà sur leur gauche, derrière eux, j'aurais pu glisser le papier dans sa poche et m'en aller si j'avais voulu. Le vieux poursuivait sa conversation, et je l'entendais bien à présent, une voix de veuf, un homme seul qui se taisait la plupart du temps chez lui, et avait besoin de la rue pour être écouté. Johan faisait preuve d'une infinie patience, ils discutaient, le vieux pointait sa montre en râlant, et lorsque le bus apparut au coin de la rue, ils s'adressèrent un hochement de tête, comme pour dire qu'ils avaient raison, comme si c'était grâce à leur sage obstination qu'il était enfin arrivé.

Mon vol devait décoller d'Amsterdam le lendemain soir. La nuit, à l'hôtel de Groningue, je consultai les horaires des transports en commun sur Internet pour établir un compte à rebours. Je pouvais prendre au plus tard le train de 16 h 48 avec une correspondance à Almere. Il fallait une demi-heure en taxi de l'école de théâtre à l'hôtel pour récupérer ma valise, et encore un quart d'heure de l'hôtel à la gare, toujours en taxi. Je pourrais donc attendre Johan jusqu'à 15 h 30. Les deux fois précédentes, il avait quitté le bâtiment après seize heures. S'il sortait plus tôt, je saurais que ce serait pour moi.

Il apparut dans l'entrée de l'immeuble à 15 h 19, et s'attarda sur le perron en observant la rue. Chaque chose a une cause, quelque chose que l'on comprend ou pas, mais qui a sa raison d'être. Il attendit un instant, me laissant le temps de me préparer. Je gardai mon calme quand il se mit à marcher, je connaissais sa démarche, que je n'ai pas l'intention de critiquer, mais il faut tout de même dire que c'était une démarche de comédien. Dans une des pièces où il avait joué (j'avais lu tout ce que je pouvais sur lui), il avait interprété le fils d'une femme démente qui l'aidait à retrouver son amour de jeunesse, et il avait récolté plusieurs prix pour ce rôle, c'était là qu'il avait percé. *La percée*… Mais qui va voir des pièces de théâtre de nos jours ? Nul ne tournait la tête vers lui lorsqu'il marchait dans la rue. Je savais exactement combien de temps il me faudrait pour accorder mon pas au sien, et je décidai de m'adresser à lui sitôt qu'il aurait bifurqué dans la rue principale, sans effleurer son dos ou son épaule, simplement en prononçant son prénom, Johan. Comme la plupart des Hollandais, il parlait sans doute parfaitement anglais. Je prononcerais son nom et j'ajouterais « Je suis la mère de Léa, je suis Yoëlla », et pour qu'il comprenne je répéterais aussitôt, « Je suis la mère de Léa ». La première expression qu'il livrerait serait décisive, une brève vision du fond de son cœur qui disparaîtrait bien vite. Ensuite, il dissimulerait ce qu'il voudrait. Une bande de filles venant en sens inverse nous sépara un instant, et il disparut de mon champ de vision pour y revenir une fois le groupe contourné. Tout s'arrangeait. On approchait du dénouement. Lorsqu'il poursuivit sans bifurquer vers la rue principale, je perdis l'équilibre et trébuchai. Dans une tout autre vie, je me serais étendue de tout mon long, mais je me sentais poussée vers l'avant et pris appui de ma main pour éviter la chute. Tout allait bien. J'allais bien, et je continuai. Pourquoi ne s'était-il pas dirigé vers l'arrêt de bus ? Il marchait exactement comme le jour précédent, et le jour d'avant encore, la démarche aussi sûre, mais plus rapidement. Il allait plus vite et je m'essoufflais. Il ralentit soudain, leva la tête en l'air et fit quelques pas vers la porte d'un immeuble. Je le voyais de dos, mais l'instant d'avant il avait dirigé son regard vers une fenêtre – je n'avais aucun doute, c'était arrivé –, il avait levé les yeux, j'avais regardé dans la même direction et mon regard ne m'avait pas trompée. J'avais moi-même été autrefois une très jeune femme, très amoureuse. Je compris aussitôt. Johan appuya sur un bouton près de la porte, sur laquelle il pesa de tout son poids. C'était une de ces portes européennes en bois, lourde, massive, dont l'usage était réservé à certaines personnes seulement. Une porte qui grandirait dans mon esprit bien après que je quitterais les lieux. Et dès qu'il eut disparu derrière elle, elle se referma en claquant.

47.

Les premières semaines de sa première année au lycée, Léa parle de ses amours et de ses chagrins d'amour avec la même légèreté, comme si elle vivait depuis très longtemps et avait accumulé tout l'humour nécessaire à une femme pour réussir sa traversée du monde.

« Dennis m'ignore, dit-elle, il ne me voit même pas.

— Dennis est débile. Dennis est aveugle, et c'est un parfait idiot. »

Elle ricane en imitant la manière qu'il a de secouer la tête sur le côté pour voir à travers ses cheveux.

« Et toi aussi tu es une idiote. Vous êtes vraiment faits l'un pour l'autre. Un idiot et une idiote. »

Elle redevient sérieuse.

« Mais ce n'est déjà plus *vraiment* un crush.

— Je sais.

— C'est un crush pour s'amuser.

— C'est un crush pour le plaisir du crush donc.

— Oui.

— Un crush pour s'entraîner. Comme il existe des soutiens-gorge pour les entraînements sportifs, sauf que là c'est un crush.

— Exactement. Laisse tomber, je suis débile. Mais écoute, écoute-moi une seconde. J'ai un fantasme qui est déjà réel, mais qui reste un fantasme. »

Je fronce les sourcils.

« Je t'explique. Je l'ai vu écrire quelque chose en plein cours, d'ac ?

— Tu veux dire, Dennis ?

— Concentre-toi, maman. Qui d'autre pourrais-je observer en plein cours ? Je l'ai vu écrire, mais pas dans un cahier, sur une feuille, et j'ai compris qu'il m'écrivait une lettre. Bon. Mais pendant la récré, il ne me l'a pas donnée, avoue que c'est bizarre. Alors j'ai compris qu'il était un peu timide, qu'il avait un peu peur parce qu'il m'avait écrit qu'il m'aimait et que c'est un peu embarrassant. Je me suis dit qu'il me donnerait la lettre en fin de journée, mais j'avais oublié que je quittais l'école plus tôt à cause de l'orthodontiste. Et maintenant, il est sûrement super déçu. Mais c'est pas grave. Il me la donnera demain.

— Vraiment ?

— Mais qu'est-ce que tu crois ? C'est un fantasme. »

J'ai tapoté son visage.

« Laisse tomber, je suis bouchée. Faut l'accepter. Ta fille est un peu bouchée. Tu m'as acheté des piles pour la brosse à dents ? L'orthodontiste m'a félicitée et a dit qu'il fallait que je continue comme ça. »

Le passage au lycée se fait sans encombre. Ma fille est de ces ados qui ont soif d'apprendre, celles qui lèvent le doigt en permanence, dont la seule faute est le trop-plein d'ardeur. Elle est trop dans tout, et c'est aussi pour cela que les profs sont fascinés par elle. Ils se trompent, bien sûr. Cette ardeur est précisément ce qui peut déséquilibrer la balance. Dans les années qui suivront je lui dirai souvent : « Reste à la maison aujourd'hui, seulement une journée, et alors ? Moi aussi je vais rester, on va se mettre sous la couette, commander une pizza, regarder un film en streaming », et elle lèvera les yeux au ciel en disant : « Tu as envie d'un jour de repos, maman ? Prends-le. Tu n'as pas besoin de moi pour ça. »

Toutes ces années, j'entendrai parler autour de moi de jeunes filles qu'il faut rappeler à l'ordre, soutenir ou secouer, alors qu'il me faudra seulement tempérer Léa. Légèrement. La consoler pour une note qui brille un peu moins que les précédentes. La persuader de reprendre une part de gâteau, ou de lever le nez de ses livres et de ses cahiers. « Sors un peu, amuse-toi. » J'insisterai pour qu'elle apprenne à se pardonner. « Pardonne-toi, Léa. » Et quand il m'arrivera de voir planer sur son visage l'ombre de mon adolescence, comme un coup d'œil rapide dans le puits de son âme, j'attendrai avec elle jusqu'à ce que cela passe.

Les fêtes se suivent. Rosh Hashana, Kippour, Souccot, Simhat Torah. Les nombreuses journées de vacances perturbent la quiétude de Léa, et deux jours à peine après la reprise des cours, elle se met en tête de proposer à Dennis de sortir avec elle. Elle se penche sur la question avec Meïr, qui pense que mieux vaut attendre un peu. « L'année vient seulement de commencer, dit-il, vous venez seulement de vous rencontrer, laisse passer un peu de temps. » Elle semble l'écouter très attentivement.

Mais, le soir même, elle surgit soudain de sa chambre en s'écriant : « Je lui ai proposé, je lui ai envoyé un message. Mais il n'a pas répondu. »

Le cœur glacé, je m'empresse de dire : « Il ne l'a sûrement pas vu encore.

— C'est bon. »

Elle n'a aucune envie de poursuivre la conversation, et même plus tard, lorsque je pénètre dans sa chambre pour l'embrasser et lui souhaiter bonne nuit, elle donne le change. Je repense à ses fièvres enfantines, à la tempête électrique qui déferlait dans son langage. Quand je me lève à trois heures du matin pour aller aux toilettes, je vois filtrer sous sa porte la lumière de sa guirlande de boules vertes et dorées. Je jette un coup d'œil. Je sais qu'elle fait semblant de dormir parce qu'elle m'a entendue.

Le lendemain, elle me téléphone au studio en larmes. Je demande pardon autour de moi et sors de la pièce.

Elle m'appelle des toilettes des filles. Dennis ne lui a toujours pas parlé ni écrit. Il l'ignore tous les jours. Mais ses pleurs ne sont pas désespérés, j'y entends un soupir de soulagement.

C'est seulement des heures plus tard, bien après la tombée de la nuit, qu'il lui textote : « Non… Désolé. »

Le lendemain soir, Arza débarque chez nous, et toutes deux s'enferment dans la chambre de Léa. Le jour suivant, Léa va chez Arza après les cours, et y reste jusqu'au soir. Le week-end, les parents d'Arza partent dans le Nord, et elle invite Léa à dormir. Elles seront juste toutes les deux, ce sont de grandes filles. Je vérifie régulièrement mon portable. Ce jour-là et cette nuit-là, elle ne m'appelle pas, et ne m'écrit pas non plus. Je vérifie mon portable une fois de plus à deux heures du matin, puis à quatre heures. Le samedi après-midi, je lui envoie un texto afin qu'elle n'entende pas le tremblement dans ma voix, et elle répond aussitôt : « Tout va bien. » Elle rentre à la maison le samedi soir en donnant l'impression qu'elle a laissé son chagrin derrière elle.

Et l'année se poursuit.

Ils forment un petit groupe : Léa, Arza, une autre fille du nom de Gal, qui revient de plus en plus dans les récits de Léa, et deux garçons, Micha et Miko.

« Miko ?

— Eilon Mikoshinski. »

Apparemment, Micha est gay, d'après Léa. Mais il ne le sait pas. Et il est adorable. Pas de remarques particulières sur Miko. Les filles s'appellent entre elles « Darling », et les garçons les surnomment Lia, Razi et Gala.

« Miko dit que ça n'existe pas, un prénom qui n'a pas au moins deux syllabes, m'explique Léa, il dit que ce n'est pas humain.

— À ce point ?

— Tu peux pas comprendre. »

Micha appelle Miko par son prénom, alors que Miko appelle Micha « Marco ».

« Marco ?

— Laisse tomber. »

Elle est captivée par le charme de leur petite bande, dans laquelle il y a des garçons pour la première fois. C'est un nouveau monde, un tourbillon d'ouvertures et d'indulgence. Les filles entraînent les garçons dans des jeux de classements et de comparaisons. « Qui tu préfères dans la classe ? » « Qui aimerais-tu embrasser ? » « Qui est la plus belle, d'après toi ? » On exige d'eux qu'ils donnent aussi les deuxième et troisième places. Ils commencent par hésiter, puis se lancent avec enthousiasme, et finalement on leur demande également d'attribuer une dernière place, qui fait naître un vertige de sentiments. C'est comme demander : « Qui est la plus laide, d'après toi ? » « Qui te répugne ? » « Par qui es-tu dégoûté ? » Je sais qu'ils jouent aussi entre eux à « Action ou vérité », et qu'ils ne s'intéressent pas particulièrement au côté « action », seule la vérité les excite. Personnellement, j'ai toujours eu peur de ce genre de jeu, et ça n'a pas changé.

Dennis, qui durant les derniers mois s'est complètement évaporé, réapparaît dans les récits de Léa. « Parfois il parle, carrément », dit-elle.

Parfois il répond aux questions de la prof en classe, et il dessine toujours en cours. Il a un carnet de croquis qu'il a laissé ouvert un jour pendant la récré, et Léa y a jeté un coup d'œil. Elle lui a dit qu'il dessinait merveilleusement, il a rougi et l'a remerciée. Le lendemain, quand Micha et elle sont restés en classe à la récré pour faire une partie de Uno, il les a regardés et elle lui a demandé s'il voulait se joindre à eux. Il a répondu non. Mais le lendemain, il les a rejoints pour jouer.

Arza n'aime pas Dennis – depuis l'époque de la chorale, et plus encore depuis qu'il a refusé la proposition de sortir avec Léa – mais, compte tenu de l'affection que Léa éprouve à son égard, toute la bande est sympathique avec lui, et bientôt il en est membre à part entière. Léa raconte de moins en moins de choses, que ce soit sur lui ou sur les autres.

Les vacances d'été s'accompagnent d'un calme continu. Tout d'abord, Arza part avec sa famille en Europe, et avant leur retour, Meïr, Léa et moi partons pour le Minnesota. Meïr dispense un séminaire d'été dans une université au bord d'un petit lac scintillant, grâce à quoi nous disposons d'un confortable appartement sur le campus. Meïr fait cours tous les matins, Léa et moi empruntons des vélos à une autre famille dans l'immeuble et roulons chaque jour jusqu'au lac. Le reste du temps, nous arpentons la rue principale près de l'université, baguenaudant dans les librairies et les magasins de vêtements qui la longent, faisant des plans pour le dîner que nous préparerons dans le petit appartement. Nous aimons particulièrement un minuscule restaurant de nouilles caché dans une ruelle et tenu par quelques femmes asiatiques. Quand je demande à l'une d'elles pourquoi il n'y a pas un seul homme, le peu d'anglais qu'elle parle disparaît. Les autres aussi sont muettes. Elles ne sont pas intéressées par une conversation. Léa, qui se démarque depuis peu de ma tendance à engager la conversation avec des inconnus, ne dit rien, mais sa gêne est manifeste.

« Quoi ? dis-je, alors que nous sommes de nouveau toutes seules à table. Qu'est-ce que j'ai fait ?

— Rien.

— Qu'est-ce qui ne va pas ? J'ai trop parlé ? J'ai respiré trop vite ?

— Stop, maman. On dirait une gamine. »

Elle a atteint l'âge où elle a tout inventé par elle-même, y compris la maturité.

Peu de temps après notre arrivée dans le Minnesota, elle se lie avec Oliver, le fils d'un couple de professeurs anglais invités à l'université, avec qui elle joue au Frisbee sur les pelouses du campus, et va parfois acheter une glace sur la grand-rue. Ollie est trapu et souriant. En son absence, Léa est complètement mordue, mais quand ils sont ensemble, elle est silencieuse et craintive. Le poids de la conversation repose donc sur Ollie, qui n'a pas peur des longs silences. Ils s'installent sur la terrasse du glacier, lèchent leur glace en regardant chacun son portable, et rentrent ensuite silencieusement au campus.

De retour en Israël, il reste deux semaines avant la rentrée. À ma grande surprise, Léa ne file pas directement voir ses amis, et aucun d'eux ne vient chez nous. Quand je lui pose une question à ce sujet, elle hausse les épaules, et dit qu'elle est bien comme ça, tranquille, à la maison. Elle ajoute que bientôt elle passera une année entière avec eux, rien ne presse.

Nous ne sommes restés que six semaines dans le Minnesota, mais on dirait que nous sommes partis des années. Tout dans notre appartement semble avoir vieilli et rétréci. J'ai beau l'astiquer, il ne donne pas une impression de propreté. Mais au bout de quelques jours, il retrouve une apparence convenable.

48.

L'écrivaine qui a écrit sur Juliet a déclaré qu'elle cessait d'écrire. Elle a plus de quatre-vingts ans, et a peut-être du mal à poursuivre avec tous ces personnages, ces crises, ces catastrophes. Mais il sera peut-être encore plus dur d'arrêter. Elle a donné pour titre à une autre nouvelle que je lis *Jeu d'enfant*, et je commence par parcourir les premières pages pour deviner de quel genre de jeu il s'agit. Des filles de neuf ou dix ans. *Une fille que je ne connaissais pas... avait parlé d'un ton bien particulier... Cette confiance peut s'instaurer d'emblée, instantanément... Une si petite tête, qu'elle me faisait penser à un serpent.* Je reviens à la première page et recommence du début.

Manifestement l'écrivaine n'a pas pitié des petites filles qui jouent, ni de personne autour d'elles. Leurs têtes sont enfoncées encore et encore dans la mer de l'histoire jusqu'à ce qu'elles ne puissent plus respirer.

Il reste trois jours avant la rentrée. Je vais au centre commercial avec Léa pour acheter tout ce qu'il manque encore. Elle parcourt les rayons du magasin, sacs, trousses, classeurs, et repousse aussitôt tout ce qui pourrait me plaire.

« C'est d'une laideur… »

« Pitié… »

« T'es sérieuse ? » Elle opte pour un sac à dos noir brillant et une trousse jaune. Les cahiers sont rouges et les classeurs verts. On dirait qu'elle le fait exprès. Elle collecte les articles les plus laids du magasin, et les place un à un dans le panier.

Je paie le tout à la caisse, sans un mot.

« Tu es fâchée ? demande-t-elle dans la voiture, de retour vers la maison.

— Fâchée ? Pourquoi donc ?

— Tu penses que le sac est affreux. Tu le détestes.

— Non, non, certainement pas. »

Et je lui parle du Vantablack, le noir le plus noir qui ait jamais été créé. « On l'a développé à partir de particules de charbon pour toutes sortes d'usages militaires, je ne sais pas exactement, peut-être pour sonder le cosmos. » Le noir le plus noir absorbe 99,96 % de la lumière projetée sur lui, j'explique, ce qui signifie que chaque objet couvert de Vantablack semble avoir perdu une dimension. « Seules la hauteur et la largeur demeurent, la profondeur disparaît. »

Léa me regarde, perplexe.

« Et puis un sculpteur très célèbre est arrivé, un millionnaire, et il l'a acheté. Il a acheté à la société produisant le Vantablack le droit exclusif de s'en servir dans ses œuvres.

— Tu inventes.

— Ah bon ? J'aurais bien aimé. Sache que d'autres artistes ont été furieux. L'un d'eux a déclaré dans un journal que de nombreux grands artistes dans l'histoire de l'humanité ont cherché à atteindre ce noir le plus pur – Turner, Manet, Goya –, et voilà qu'enfin c'est arrivé, le noir le plus noir existe, mais on ne peut pas s'en servir. Seul celui qui l'a acheté le peut. Dis, se recouvrir du noir le plus noir, ça ne te semble pas le meilleur moyen de disparaître ?

— Tu détestes ce sac.

— Mais non, voyons. »

49.

L'adolescence s'installe subrepticement. Léa pleure pour des bêtises, elle peut montrer des signes d'impatience, mais elle ne manifeste pas de rage, elle est une banale poupée russe d'humeur, ce sont des choses habituelles pour son âge. C'est une adolescente mesurée, adorable, altruiste, et s'il arrive qu'elle me réponde avec agressivité, elle se dépêche de se faire pardonner. « Pardon, maman. Ne te mets pas en colère. Pardon. Désolée. Je suis pardonnée ? »

Ses yeux le matin sont parfois gonflés de larmes, ou de manque de sommeil. Elle pose des questions dont elle n'écoute pas les réponses, et les repose au bout d'un moment. Elle me rappelle ma mère après la mort de mon père, mais je punissais alors ma mère avec les intonations de ma voix, ou en levant les yeux au ciel, tandis que pour ma fille je suis prête à répéter mes propos posément. Je dis : « Oui, bien sûr, je t'achèterai cette crème. » « Non, non, je n'ai pas entendu parler de ce film. » « Je ne vois pas de raison de dire non », dis-je. « Tout ce que tu voudras », dis-je. « Je viendrai te chercher. »

Les fêtes de septembre sont de nouveau passées. La première pluie lave à grande eau un long été assoiffé pour les arbres, les maisons et les rues. Un soir d'hiver, alors que nous dînons ensemble, je lui demande comment vont les paumes de ses mains à la peau si sèche. J'ai remarqué quelques semaines auparavant que ça s'était nettement aggravé, pourquoi n'ai-je rien demandé alors ? Qu'est-ce que je croyais ?

« Ça me démange tellement », dit Léa en retroussant ses manches et en me montrant les griffures fraîches le long de ses bras. « Ça me rend dingue. » Plus tard, lorsqu'elle sort de la douche, je lui tends une crème adoucissante sans plus m'attarder sur la question.

L'hiver touche à sa fin, et un soir, tandis que je m'approche de son lit pour la border et éteindre la lumière, elle se redresse et demande que je reste un peu.

« Tu veux que je m'asseye ?

— Oui. »

Et elle éclate en sanglots qui ébranlent tout son corps.

Je passe la nuit à me retourner dans le lit. Je voudrais tout raconter à Meïr, mais je crains que Léa ne nous entende à travers le mur. Quand elle a pleuré, je l'ai enlacée précautionneusement. Elle voulait me parler uniquement pour m'informer, pour que je sache, rien de plus. Elle ne réclamait pas de solution, elle rayonnait d'une lumière blanche et froide, très différente de ses accès de fièvre enfantins, et c'est à cause de cela que mon cœur s'était tordu dans ma poitrine. Peut-être qu'à ce moment, déjà, je souhaitais que Dennis disparaisse, je ne me souviens pas. Je voudrais penser que je ne l'ai jamais souhaité, et que je n'ai jamais fomenté cela.

« Écoute. »

Et j'écoute.

À la fin de l'été, me raconte Léa, quand elle a senti que Dennis et elle étaient déjà proches, déjà bons copains, elle a de nouveau rassemblé son courage.

« Je lui ai de nouveau proposé, je lui ai dit : je t'aime et je voudrais être ton amie. »

Cette fois il a aussitôt répondu ; elle a gardé contenance et ensuite, dans les toilettes des filles, elle a laissé les sanglots éclater.

« Mais je vais mieux.

— C'est arrivé quand ?

— Maman… »

Elle fond de nouveau en larmes. Je la serre dans mes bras. Durant les mois qui ont suivi, raconte-t-elle, chaque fois qu'elle prenait place près de lui dans le cercle qui jouait aux cartes à la récré, il se levait pour changer de place. Si la prof les mettait dans le même groupe de travail, il levait la main pour demander à en changer. S'il la surprenait en train de le regarder, il lui disait : « Arrête, tu me gênes, tu me dégoûtes, laisse-moi tranquille. »

« Ne me regarde plus, lui avait-il dit, ne me regarde plus du tout. Jamais. Si seulement tu pouvais disparaître de ma vue. »

Quand elle a terminé de se livrer, je scrute son visage et ses yeux, et n'y vois que du chagrin, la brûlure du bloc de glace qui a atterri sur son cœur. Je ne comprends pas de quoi ma fille est faite. Je l'aime d'un amour insupportable, peut-être impossible, et je déteste ce garçon exactement de la même manière.

50.

J'envoie la lettre sur la route de l'aéroport. J'ai noté sur un bout de papier blanc l'adresse de l'immeuble dans lequel Johan a disparu. J'ai écrit en néerlandais : « Votre mari rend visite ici. » Et j'ai ajouté l'adresse. C'est tout. J'ai tracé les lettres de la dernière à la première, en sens inverse, nul ne pourrait se douter que cette écriture est la mienne. Puis j'ai acheté une enveloppe, un timbre, et j'ai jeté la lettre dans une boîte éloignée de tout bureau de poste, là où personne ne pourrait m'aider à la retirer, si je me ravisais.

Je suis embrumée de sommeil dans le vol du retour. J'ai acheté deux petites bouteilles de vodka que j'ai descendues, je m'endors et me réveille. J'ai propulsé quelque chose dans le monde, et, désormais, je vais attendre l'effet boomerang. Ma fille est une énigme, mais pas pour moi. Je l'ai connue et la connais encore. Elle va avoir besoin d'une personne qui l'aime plus que tout au monde.

51.

Je vois dans des magasins un nombre incalculable de produits pour petites filles et tout me semble superbe, et je veux tout acheter. J'ai eu autrefois une collègue de travail dont le mari avait un demi-frère qui était venu en touriste en Israël, un célibataire de soixante ans, italien, mais d'un trou perdu, une petite ville du Sud, Trifa, ou Trufa. « Il a belle allure, avait-elle dit, mais il ne la boucle pas une seconde. » Il avait apporté des cadeaux à tout le monde. Du whisky pour son frère, du parfum pour ma collègue, un planeur perfectionné pour leur fils de onze ans, et un petit train pour leur fils de quatre ans. Mais pour leur fille, avait-elle dit, pour la cadette de neuf ans, il avait apporté un maillot de bain et une magnifique boîte de culottes de princesse. Ma collègue n'avait su que penser. Ensuite, chaque fois que sa fille portait le maillot de bain, ma collègue en avait des frissons. Quant aux culottes, elles avaient fini à la poubelle.

Dans chaque chose que j'achèterai à mes petites-filles est dissimulé un message qu'il me faudra décrypter préalablement, c'est pourquoi je dois me cantonner à ce qui est univoque, sans allusion ni écho. Pas de vêtements ; ce que je vais acheter doit être plus loin du corps. Pas de poupées. Pas de livres. Pas de produits de beauté. J'achète dans une papeterie deux sacs à dos extraordinairement chers, et quelques cahiers superbes, puis des doutes sur ce dernier choix s'infiltrent en moi. Les sacs à dos sont un poids, tandis que les cahiers vides sont destinés à être remplis.

Deux semaines après mon dernier voyage à Groningue, Yohaï et moi nous retrouvons. Il ne pose pas de questions sur Léa. Il a peut-être déjà compris, même s'il est plus probable qu'il ne pense pas du tout à elle. Il me parle d'une femme qu'il a rencontrée. Très sympa, dit-il. Il n'en a pas encore parlé à Danit, mais il compte le faire prochainement. Quoi qu'il en soit, il va bien. Il va bien et c'est sympa avec la femme sympa. Il me regarde, et comme je ne pose aucune question, il n'en rajoute pas. Il parle de Danit, d'un problème qu'elle a avec une prof à l'école. Il semble plus détendu que lors de nos derniers rendez-vous, j'en déduis qu'il couche déjà avec la femme sympa, et c'est parfait ainsi. Il faut que la nudité de Yohaï soit claire pour moi. Il fait partie des charmeurs que j'aurais pu bien aimer avec son front haut un brin bohème et ses cheveux blancs ondulés peignés en arrière. Et aussi le timbre de sa voix, qui témoigne d'une capacité d'écoute. Mais lorsque j'imagine ses organes sexuels, basiques et pourtant prodigieux, ils appartiennent au monde d'autres femmes qui vivent une autre vie.

L'épanouissement tardif de Yohaï ne m'intéresse pas, et je comprends seulement maintenant peut-être qu'il s'est éloigné de moi durant toutes ces années pour me protéger. Il craignait peut-être de ne pouvoir garder pour lui les secrets de Meïr, et j'ai aussitôt envie de le rassurer en lui disant que je savais tout. Que je vivais ici-bas. Que je savais quand Meïr me quittait et quand il me revenait. Je prenais ce que je pouvais.

Une heure s'écoule. Je finis par jeter un coup d'œil à ma montre et m'excuse de devoir partir. « Je dois faire un saut chez ma mère, dis-je, elle ne se sent pas bien », et je décide en mon for intérieur que je ne le verrai plus.

J'attends. J'ai tendu un élastique quelque part dans ce monde et je guette les conséquences de mon acte.

Les jours passent, les semaines aussi. Onze semaines. Quand le téléphone sonne, je le saisis d'une main qui ne tremble pas, sans crainte. J'entre dans la chambre à coucher avec le combiné et ferme la porte doucement.

« Allô ? »

Art regarde la télé au salon. La maison est paisible. Je n'allume pas la lumière dans la chambre, je me sens à l'aise dans l'obscurité. Je m'assieds au bout du lit.

« Maman ? »

Je ne veux pas qu'elle se torture. Je n'ai jamais eu l'intention de la torturer, et je lui dis : « Leïki, Leïki, écoute-moi. J'ai compris, et je sais tout ce que tu crains de me raconter. Tout cela n'a déjà plus d'importance. Je peux venir chez toi immédiatement. Je vais venir, je vais prendre une chambre d'hôtel, je serai près de toi, je serai là pour toi. Tout ce que tu voudras. »

Le lendemain matin, je me rends chez ma mère. Quelques semaines auparavant nous sommes allées lui acheter le meilleur des appareils auditifs, mais elle refuse d'en faire usage. Elle lit beaucoup, ou reste plantée devant des films à la télé, se contentant des sous-titres. Comme elle a perdu l'envie de sortir, je vais chercher et rendre des livres à la bibliothèque pour elle, et quand les livres que j'ai choisis ne sont pas à son goût, elle ne dit pas : « C'est trop ennuyeux, c'est banal, c'est idiot. » Elle dit : « C'est trop pesant, c'est trop triste. »

Cette fois, quand j'arrive chez elle, elle demande aussitôt comment va Art. Elle a fait récemment sa connaissance chez moi. Je l'ai invitée à dîner avec nous, il lui a plu, et elle pense qu'elle lui a plu aussi. « Parfaitement bien, dis-je, il est occupé. Je vais nous préparer un thé », et elle hoche la tête en souriant. C'est peut-être l'audition qui lui pesait pendant toutes ces années.

Debout dans la cuisine, tandis que je ne la vois que de dos, je lui dis en chuchotant, pour ne pas l'effrayer : « Léa est en Hollande, maman. Elle a rencontré un homme là-bas, ils ont eu deux petites filles. Mais maintenant il lui est arrivé une chose terrible, son mari la trompe, et elle va revenir en Israël. » J'ajoute deux cuillers de sucre dans le thé, ma mère aime encore le sucré, elle l'a toujours aimé, et elle, toujours de dos, hoche doucement la tête. Vue de la cuisine, elle est plus quelconque, assise dans le fauteuil, les cheveux blancs toujours rassemblés en coiffure d'infirmière, les omoplates un peu affaissées comprimées sur le dossier de velours. Je retourne au salon et lui sers le thé. Ma mère le boit à petites gorgées. Jamais elle ne me dira si elle a entendu ce que je viens de lui raconter.

52.

« Je vais le dénoncer, dit Arza à Léa un jour. Je vais dire qu'il m'a harcelée. Il sera viré de l'école et on sera dispensées de le voir. »

Léa secoue la tête. « Non, non, non. Stop. Vraiment. Arrête de dire des conneries. » En même temps qu'elle souhaiterait sa disparition, la pensée des jours vidés de sa présence la pétrifie. Dennis est la source de sa souffrance, mais de son bonheur aussi, et Arza, qui comprend cela comme seules les filles de cet âge le comprennent, est prête à trancher à sa place. Tout ou rien ? L'amie de ma fille a déjà décidé, c'est seulement une question de temps.

Ces dernières semaines, Léa se réveille chaque nuit et n'arrive pas à se rendormir. L'irritation au niveau de ses bras s'est étendue et a gagné son cou, couvert de rougeurs. « C'est peut-être un dessèchement, dit-elle, c'est peut-être à cause du froid. » Elle a toujours souffert en hiver, son problème d'engelures nous a accompagnés toutes ces années, mais ces rougeurs, c'est autre chose.

À la récré, malgré le rude hiver, elle se dépêche de sortir de la classe pour aller dans la cour la plus éloignée, là où Dennis ne va jamais, et lorsqu'elle retourne en classe, son cœur cogne de peur de tomber sur lui. Arza ne la laisse pas seule, elle la protège du mieux qu'elle peut, et la réconforte. Pendant qu'elles sont ensemble dans la cour, elle raconte à Léa la vie pleine de souffrance qui attend Dennis désormais, et parfois Léa rit à travers ses larmes. « *Karma is a bitch*[1] », dit Arza, en tendant un mouchoir à Léa, et toutes deux se mettent à rire. Mais dans les jours plus sombres, rien ne les fait rire, ni l'une ni l'autre, en particulier depuis qu'à la récré, Léa s'éclipse de temps en temps au CDI, pose un livre devant elle, et fait semblant de lire. Elle veut être seule, au moins un peu, et pour ne pas blesser Arza, elle se réfugie derrière les livres.

Quand la porte s'ouvre sur le début de la catastrophe, Léa et Arza partagent encore la même table en classe, mais Arza passe déjà la plupart de ses récrés avec Gala et Micha, et elle ne suit presque plus Léa dans la cour ou au CDI. Elles ne sont plus collées l'une à l'autre, et manifestement, ce jour-là, durant les deux derniers cours, Arza a disparu de la classe sans rien dire à Léa.

Diana, la CPE, se tient dans l'encadrement de la porte. Elle demande à la prof de sortir un instant pour lui parler, la prof s'exécute, revient au bout d'un moment et dit : « Léa, sors s'il te plaît, Diana t'attend dans le couloir. »

---

1. En anglais dans le texte.

Tandis que Léa est conduite vers le bureau du proviseur, elle passe rapidement devant le bureau de la CPE, où Arza est assise avec une inconnue. Elle pleure ? Pourquoi Arza pleure-t-elle ? Léa marque le pas une fraction de seconde. Arza la voit également, et il suffit du léger mouvement de menton de son amie pour que Léa comprenne exactement ce qui est en train de se passer.

Le reste dure moins d'une minute. En dehors du proviseur, il y a dans son bureau la professeure principale. Ils n'ont pas encore mêlé la police à cela, c'est pourquoi ils n'ont pas l'obligation de nous informer, nous, les parents. Une forte odeur de crayon et de pages chaudes tout juste sorties de la photocopieuse mêlée à l'odeur d'homme mûr du proviseur règne dans le bureau et Léa, qui a beaucoup maigri ces dernières semaines, a la tête qui tourne. La professeure principale lui demande de s'asseoir, elle veut lui poser quelques questions.

Est-ce qu'à telle et telle date Arza lui a dit que Dennis lui avait porté atteinte d'une façon ou d'une autre ?

« Oui », dit Léa.

Lui a-t-elle raconté ce qu'il lui a fait ?

« Non », dit Léa.

On ne lui pose pas plus de questions. La CPE la remercie, et on la renvoie en classe.

Tout cela, Léa ne me le raconte qu'au bout de quelques jours, quelques semaines, et bien qu'elle raconte tout, je ne parviens pas à comprendre. Elle pleure tellement. Je lui demande parfois de répéter un mot, ou une phrase. Je n'ai jamais rien vu de tel, ce sont des larmes bouillonnantes, c'est de la lave, quelque chose de grand s'est produit et ma fille est dévastée. Meïr surgit sur le pas de la porte, effrayé. « Que s'est-il passé ? Que s'est-il passé ? » Mais il n'a pas besoin d'un nom pour l'heure, je lui fais signe de partir, il comprend, il est déjà arrivé qu'elle pleure par le passé, et ne souhaite que ma présence. Je ferme la porte derrière lui et m'assieds sur le lit près d'elle, que dit-elle exactement ? Que me dit-elle ? Je ne comprends pas. Je comprends, mais pas exactement, ni de quelle manière, puis je comprends malgré tout. Elle a menti ? Menti au proviseur ? À quel sujet ? Quand ?

J'écoute tout et acquiesce à tout. Je dis : « Ça va aller, tout va bien », et je hoche la tête pour qu'elle se calme. Que lui dire ? Pour la première fois, les mots me manquent face à ses craquages. J'ai compris ce qu'elle a fait, ce qu'elle a enclenché, tout cela est arrivé il y a sept semaines, et Dennis a aussitôt été renvoyé ; on a dit que c'était pour trois semaines, elle n'est pas sûre, et depuis il n'est pas revenu. Elle a espéré son retour, en vain. Elle redouble de sanglots, elle n'imaginait pas que c'était ce qui allait se passer, elle n'a pas compris, elle va aller voir le proviseur et lui expliquer, elle est obligée. « Ne le raconte pas à papa », me demande-t-elle une fois calmée et épuisée par les sanglots. « Il va être tellement en colère contre moi. » Je la borde, caresse son visage, embrasse son front. Puis je dis à Meïr, inquiet dans le salon : « Des tourments de jeune fille. Elle s'est calmée, je l'ai calmée. » Mais des heures plus tard, dans la nuit, je me réveille en sursaut au-dessus du précipice ouvert sous nos pieds. Je me précipite vers sa chambre. Elle est réveillée, elle est couchée les yeux ouverts dans le noir, et je lui dis : « J'ai pensé à ça, Léa, écoute-moi. Tu ne vas rien faire et tu ne vas rien dire. Le temps est passé, sa punition a pris fin, il peut revenir s'il le souhaite, c'est sa décision. On t'a posé une question, tu as répondu, et c'est tout. Tu vas poursuivre ta vie. Tu vas simplement continuer dans ta vie. » Elle pleure encore, j'entre dans son lit, la serre dans mes bras, et elle plonge dans un sommeil agité parcouru de gémissements.

53.

Dennis a été aperçu en ville en plein jour. Il a été vu, assis sur la place aux Chats, en pleine nuit. On l'a vu monter la Vallée de la Crucifixion à l'aurore, entrer dans la Vieille Ville avec le lever du jour, sur une moto à Ein Kerem. Ces comptes rendus parviennent toujours à Léa par un deuxième ou troisième cercle de témoins, et je lui conseille de ne pas les croire. De ne pas s'empresser de croire à tout. Les gens parlent, ils aiment ça. Regardez-le. Regardez ce qui est arrivé à Dennis. On le connaissait, il était des nôtres et nous ressemblait, mais non, une autre substance bouillonnait en lui.

Léa a du mal à laisser courir. Presque chaque semaine, elle chasse une rumeur qu'elle me rapporte comme un trophée. On raconte qu'au terme de l'exclusion, il a décidé de ne pas retourner au lycée et de s'inscrire dans un établissement hors contrat, qu'il a quitté par la suite. On dit qu'il est tombé dans la drogue, que ses parents l'ont viré de la maison, qu'il dort dans une grotte en dehors de la ville avec une bande d'excentriques – et elle me raconte tout cela avec une fièvre grandissante, une ardeur que je ne parviens pas à interpréter. Quelque chose de la tempête électrique d'autrefois a resurgi en elle, la voix tranchante dans le brouillard. Elle se fait peur toute seule avec ces histoires, mais elle se nourrit aussi, même si je ne comprends pas comment exactement.

Il me faut donc élever la voix. « On ne lui a pas ouvert de casier chez les flics, je crie. Il n'a pas été jugé, et personne n'a détruit son avenir. Il a été exclu un temps du lycée, c'est tout. Il s'est passé ce qui s'est passé, tu ne sais pas quoi exactement, et tu ne le sauras jamais. Il a été exclu trois semaines, il a choisi de ne pas revenir, et s'il bousille sa vie, c'est son affaire et sa responsabilité. Ça ne te regarde pas, laisse tomber. » Je crie carrément : « Ça aussi, ça arrive parfois », puis je caresse ses cheveux et lui parle en la regardant dans les yeux, et nous continuons ainsi. Elle est presque aussi grande que moi désormais, elle a grandi soudain, en une nuit, et sa nouvelle taille nous trouble toutes deux. De temps en temps, elle se plonge de nouveau dans ses affaires et ses cours, calme, absorbée, puis elle vient soudain vers moi en écartant les bras pour un câlin. Ou bien elle se pose devant la télé, les yeux fixés sur l'écran, et je dois l'appeler à plusieurs reprises avant qu'elle ne réponde. Ou bien elle entre dans notre chambre à coucher et s'allonge près de moi, un livre à la main ou avec ses écouteurs, sans parler. Je la connais, nul ne la connaît mieux que moi, ma présence lui est nécessaire pour rassembler ses forces et continuer, mais mon effet adoucissant peut s'évaporer en un instant, et elle est de nouveau agitée. « Mais j'ai menti, dit-elle d'une voix sèche. Maman, on m'a interrogée et j'ai menti. » Elle dit alors qu'elle va aller voir la CPE pour tout lui raconter. Puis le proviseur. Qu'elle est obligée, qu'elle doit dire quelque chose. « Dennis n'a rien fait à Arza, dit-elle, il ne l'a pas harcelée. » Arza a tout inventé, et elle, Léa, l'a couverte, et elle doit être punie pour cela. Elle mérite une punition. Il faut qu'elle parle, dit-elle, et elle va le faire.

« Alors parle.

— Je vais tout raconter.

— Allez, vas-y. Voilà le téléphone, appelle maintenant, appelle la terre entière.

— Je vais tout raconter », répète-t-elle.

Mais elle ne le dit toujours qu'à moi, uniquement lorsque nous sommes toutes deux à la maison, sans Meïr, pour que je puisse l'en empêcher. Pour que j'essaie, d'abord de manière sarcastique, puis doucement, avant de l'attraper trop fort par le bras et de crier : « Arrête, Léa, arrête. Tu n'es pas responsable de cela. On t'a posé une question et tu as répondu. Tu as couvert une amie. Tu as pensé bien faire, j'aurais fait la même chose à ta place. Tu te souviens combien ce garçon t'a fait souffrir ? Il t'a fait du mal. Il a été cruel avec toi. Il t'a dit des choses horribles, il t'a humiliée devant tout le monde. Et il a été mis à l'écart parce qu'il fallait l'éloigner, si ce n'est à cause d'Arza, alors à cause de toi, et c'est ça qui est important. C'est pour ça que tu ne vas aller voir personne, et tu ne vas parler à personne, et tu ne vas pas remuer le passé, tu comprends ? Tu comprends ? » Et parfois je lui dis : « Tu sais quoi ? Toi tu ne crois pas Arza, mais moi je la crois. Tu n'es pas le centre du monde, tout ne tourne pas autour de toi, tout ne t'appartient pas, et tout n'est pas sous ton contrôle. Tu ne sais pas tout. Comment saurais-tu ? Comprends ta place dans ce monde, Léa. C'est pas ton affaire. Oublie. Continue ta vie. »

Prise d'un doute, je trouve le moyen de fouiller dans les dossiers des élèves au secrétariat. C'est encore plus facile que je n'aurais pu l'espérer. La secrétaire est pleine de gratitude quand je lui propose de l'aider à imprimer les fascicules de chansons pour la fête de Pourim, et dès qu'elle a le dos tourné, je trouve la clé de l'armoire qui contient les dossiers des élèves dans le tiroir du haut de son bureau, près d'un tube de crème pour les mains et de bonbons à la menthe. La prof principale a écrit de nombreuses pages sur Dennis, je n'ai pas le temps de tout lire – j'ai promis à la secrétaire de partir avant que les agents ne finissent le ménage –, mais il est manifeste que la professeure était très préoccupée par ce garçon. D'autres professeurs ont mentionné des problèmes de sociabilité. « S'isole pendant les récréations. » « Lit beaucoup, mais se retrouve aussi mêlé à des bagarres. » Alors qu'il était en troisième, le rapport de la CPE indique « tempérament chaud » et « difficulté à maîtriser la colère », et en rouge, souligné, le compte rendu d'une bagarre entre lui et un élève de la même section, qui s'est conclue par un bras cassé pour l'autre élève, et une exclusion de trois jours pour Dennis. Tout cela s'est passé un an auparavant, en troisième, quand Léa était mordue et quand elle rentrait du collège les yeux brillants, le cœur ouvert comme un tournesol en pleine lumière. « Il est si mignon, maman, on ne peut pas décrire à quel point. » J'ai des frissons en me souvenant de la mélodie, de la tonalité ascendante de sa voix quand elle parlait de lui. Comment se fait-il qu'elle ne m'ait pas parlé de cette précédente exclusion ? Elle avait certainement eu vent de la bagarre, et il lui avait manqué. Elle s'était certainement inquiétée pour lui. Elle avait peut-être eu honte de le raconter.

Je m'intéresse aux parents. Je veux savoir quels sont leurs moyens, à quel point ils ont le bras long. J'apprends que la jolie mère est de Moscou, tandis que le père, que j'ai vu autrefois à la réunion des parents, n'est pas du tout le père, mais l'oncle du côté maternel. Le père est en Russie, et la relation entre Dennis et lui se résume à quelques rares correspondances. Je pense : « Tout se tient. Un enfant de ce genre peut se retrouver confronté à des difficultés, et il peut bien sûr en devenir une lui-même. C'est très bien pour tout le monde qu'il ait été éloigné, et c'est encore mieux qu'il ait décidé de ne pas revenir. » Je pense : « Dommage qu'il ait mal tourné, mais c'est ainsi. »

Je n'ai menacé Léa qu'une seule fois. Je lui ai fait vraiment peur. Je lui ai dit doucement, d'un ton mesuré : « Parfait. Fais comme tu veux. Si tu veux tout raconter, vas-y. Va chez le proviseur, avoue que tu as menti. Je te soutiendrai quoi qu'il arrive, je t'aiderai à en sortir. »

Je la connaissais, je savais exactement ce que j'étais en train de faire.

« Qu'est-ce qui va m'arriver ?

— Je ne sais pas. »

Je me suis approchée pour m'asseoir près d'elle sur le lit.

« Tu sais ce qu'est un faux témoignage ? Tu sais ce qui arrivera si tu vas maintenant chez le proviseur ? Tu l'as diffamé, tu comprends ça ? Tu comprends ce que cela veut dire ? Dis-moi que tu comprends, c'est tout.

— Mais je vais le sauver. Tu ne vois pas ce qui se passe ? C'est moi qui ai causé tout ça, j'ai menti, je dois réparer. »

Ma voix est restée très calme. En dessous de zéro. Calme.

« Ce garçon t'a rendue malheureuse. Il s'est comporté cruellement avec toi. Il a toujours été destiné à être un voyou, maintenant tu vois vraiment qui il est et de quoi il est fait. Regarde ce qui lui est arrivé, à quelle vitesse il a mal tourné. Tu ne le sauveras pas de lui-même, mais si tu avoues maintenant, tu vas te causer un tort immense. Tant que tu comprends ça, ça va. Si tu te sens obligée, fais-le. Advienne que pourra, on affrontera ça et on le surmontera.

— Et toi, si j'avoue, tu me pardonneras ? »

Je n'ai pas répondu. Je me suis levée, et suis sortie de sa chambre.

J'ai attendu. Les premiers jours, j'y pensais à chaque instant, je tenais tout, c'est difficile à expliquer. Telle une criminelle attendant d'être attrapée. Combien d'alliances secrètes n'ai-je pas scellées ! Si cette semaine se passe sans encombre... Si la semaine prochaine... Je faisais des serments dont j'oubliais la nature aussitôt, je les négligeais. On oublie la puissance de ses intentions, cela arrive. Quand le téléphone sonnait le matin, je pensais : « Pourvu que ce ne soit pas le lycée. Pourvu que ce ne soit pas Léa. » Les jours passaient, et je ne devenais pas plus reconnaissante, mais plus en colère. J'étais en colère contre Léa. Elle avait mis en danger ma famille. Léa avait mis en danger Léa. Je ne perdais pas pied, non, j'avais plus d'acuité. Je voyais tout dans une grande clarté. Le fait qu'elle avait vraiment envisagé de parler.

Qu'elle avait eu l'intention de se causer du tort de cette manière. Et pour qui ? Pour quoi ? Lorsqu'elle rentrait l'après-midi ou le soir, je cherchais des signes. Avait-elle parlé à quelqu'un ? S'était-elle adressée au proviseur ? À la CPE ? Avait-elle mêlé quelqu'un à cela ? Je menais mon enquête sans poser de questions, me contentant de ce que je pouvais voir ou comprendre seule. Les jours passaient. Encore un, puis un autre.

C'est à peu près à cette époque que les problèmes d'audition de ma mère commencèrent. Différents examens furent prescrits et ma mère, qui durant toute sa carrière d'infirmière s'était comportée avec déférence envers les médecins, avec une obséquiosité agaçante même, ne put plus les supporter soudain. C'était comme un vieux règlement de comptes dont je ne connaissais pas les détails, une rancœur, ou une détresse accumulée ailleurs, dans un autre temps, et qui explosait soudain ; je dus l'accompagner aux examens pour l'apaiser. Une fois par semaine, ou tous les quinze jours, je quittais le studio plus tôt pour la conduire à un institut ou un centre médical, et nous restions ensemble dans des salles d'attente, à boire le café du distributeur de boissons, à patienter, bavarder, tout en partageant des articles dans de vieux magazines. On passait le temps. C'était une bonne collaboration, nous étions plus proches que d'habitude, comme si cette possibilité existait encore. Et je me souviens que je voulais tout lui raconter, que je pensais : « Je vais tout lui raconter, c'est de l'ordre du possible, attendons le bon moment pour enclencher le récit, puis il me suffira de poursuivre sur ma lancée. » Je n'ai rien raconté. En fin de compte, c'est un fait, je n'ai rien raconté. Peut-être parce que, au moment propice, elle s'était levée pour prendre un verre d'eau, ou aller vers la pile de magazines, et l'ouverture s'était refermée. Je ne pouvais pas franchir le seuil. Sur le chemin du retour, ce jour-là, nous avions parlé de ce qu'avait dit le médecin, et de ce qu'il fallait faire à présent.

La journée avait été longue. Il y avait des bouchons épouvantables, et lorsque le voyant du niveau d'essence s'alluma, je saisis la première occasion pour dévier vers une station-service. Là aussi il y avait foule, et ma mère soupira d'une manière qui ne laissait aucun doute sur sa détresse. Après chacun de ces examens, elle était irritable et exsangue. Il y avait une autre station un peu plus loin sur la route, j'essayai donc de me dégager de la file, mais une voiture me serra de trop près derrière, nous étions bloquées. Nous attendîmes quelques minutes encore qu'une place se libère et je me garai près d'une pompe. Je me retournai pour prendre mon sac à l'arrière, et je le vis. Je ne pouvais pas en être sûre et certaine, mais mon cœur battait en connaissance de cause. Il était là, en salopette de pompiste, et discutait avec une femme mûre à travers la vitre de son véhicule. Il était toujours magnifique, mais un peu terni, il avait un mauvais teint. Il parlait avec la femme dans la voiture, montrait du doigt quelque chose que je ne pouvais pas voir, puis il releva soudain la tête et me regarda directement. Et ça aussi, cette façon de lever les yeux et de me trouver sans me chercher, comme s'il m'attendait – je pense maintenant que c'était bien le cas. C'est exactement ainsi que l'on hait quelqu'un, et que l'on guette le moment où il surgira sur notre route. Il s'approcha de nous sans me lâcher du regard, j'ouvris la vitre, et si ma mère n'avait pas été présente, je lui aurais rendu son regard, nous aurions laissé nos regards plantés l'un dans l'autre, mais je détournai la tête. Et s'il me disait quelque chose, n'importe quoi ? Je lâchai « Le plein, s'il vous plaît » en lui tendant ma carte bancaire. Il la regarda, lut le nom et me dévisagea. Je suivais chacun de ses gestes dans le rétroviseur. Il revint avec la carte et le reçu en continuant de me regarder comme personne ne m'avait jamais regardée. Je signai le reçu, que je lui tendis avant de remonter la vitre. C'est alors qu'il posa son doigt sur moi. Il appuya sur le pare-brise du bout d'un doigt. Je regardai ma mère. Elle somnolait, les yeux fermés. Je démarrai, les battements de mon cœur affolé résonnant jusqu'à mes oreilles.

54.

Je me suis soudain souvenue d'une fille que j'avais oubliée. Quand j'étais en sixième, une fille de ma classe avait été tuée dans un accident de la route. Blessée, elle était restée quinze jours à l'hôpital avant de mourir. Il y a peut-être un nom pour cela, pour une tuerie qui dure un peu. Quoi qu'il en soit, elle avait été là et elle n'était plus. On nous avait annoncé sa mort en cours d'histoire, nous étions au beau milieu du débarquement en Normandie et de ses milliers de morts, et la mort d'une adolescente que nous connaissions avait soudain franchi nos consciences, associée à quelque chose de céleste, quelque chose qui n'était plus conditionné à la réalité, qui était au-delà. Plusieurs d'entre nous avaient éclaté en sanglots. C'était contagieux, et j'avais pleuré aussi. Puis nous avions bruyamment arpenté les couloirs de l'école – dehors il faisait trop froid, et il pleuvait – avec la sensation que nous avions été choisis pour quelque chose, j'ignore quoi exactement, nous étions devenus plus importants qu'auparavant. Nous étions allés à la semaine de deuil par groupes de cinq ou six, avec beaucoup de ferveur, mais c'est là précisément que les choses s'étaient renversées, cette mort ne nous appartenait plus du tout, le deuil des parents était impénétrable.

55.

Deux jours après que je l'avais vu à la station-service, Dennis tomba avec sa moto dans un ravin, dans l'entrée sinueuse de Jérusalem. Un véhicule de secours spécialisé manœuvra pendant des heures pour descendre des câbles dans l'oued et remonter ce qu'il était possible. Un bouchon s'étendit jusqu'à l'échangeur de Shaar Hagaï.

J'en entendis parler aux infos du soir. « Le nom du jeune homme qui s'est tué à moto a été communiqué… »

Je finis par entrer dans la chambre de Léa. Elle était assise à son bureau, plongée en elle-même.

« Leïki… »

Elle leva son visage vers moi avec un regard auquel je ne m'attendais pas du tout. Elle dit : « J'ai entendu. » Puis : « J'ai un gros contrôle en histoire demain, d'accord ? Appelle-moi quand le dîner sera prêt. » Puis elle reporta son regard sur son cahier.

Nous n'en parlâmes plus.

Elle alla chez Dennis pendant les sept jours de deuil. Je le compris en voyant son visage quand elle rentra à la maison. J'imagine qu'elle avait eu peur d'y aller, ou qu'elle était tant inondée de culpabilité que cela avait annulé la peur, ou qu'elle aspirait à être punie. Mais je suppose que nul ne lui avait parlé de cette question là-bas, elle était encore une jeune fille parmi les jeunes venus du lycée pour présenter leurs condoléances, et qui n'avaient pu que constater le deuil gravé dans les visages fermés de la mère et de l'oncle, comme la mort de Dennis.

Les suppositions allaient bon train, comme toujours. Il fut dit qu'il était drogué ou ivre. Que la veille, il avait confié à un garçon qui fumait avec lui sur la place des Chats qu'il pensait se rapprocher de la religion. On raconta qu'un témoin l'avait vu foncer avec sa moto – il fonçait comme un fou, tout simplement – et qu'il avait volé vers le ciel sur son bolide dont il s'était détaché pour tomber comme une météorite.

Les jours et les semaines qui suivent, elle reste des heures dans sa chambre après les cours. Dès qu'elle arrive à la maison, elle se met à son bureau pour étudier, ou écoute de la musique dans son casque. Ses résultats sont aussi brillants que d'habitude, les professeurs s'émerveillent indéniablement. J'ignore ce qu'il est advenu de sa bande, quoi qu'il en soit le nom d'Arza n'est plus prononcé. Elle parle parfois au téléphone avec une camarade de classe du nom de Michaëla, j'entends ce nom dans sa bouche, mais elle ne va jamais chez elle, et Michaëla ne met jamais les pieds chez nous. En fait, aucun de ses amis ne vient plus chez nous. Quand je la questionne à ce sujet, elle répond : « C'est juste comme ça. Ça s'est fait. J'ai pas remarqué. » Elle me laisse la serrer dans mes bras et l'embrasser comme autrefois. Elle pleure légèrement parfois, et s'abandonne sur moi lorsque je caresse son front. Nous avons survécu à cela.

Son humeur qui avait tendance à s'assombrir très facilement avant cela se stabilise. Elle ne m'en veut pas et n'est pas en colère. Je ne l'insupporte pas quand je parle. Lorsque les préparatifs pour le service militaire commencent au lycée, elle nous annonce tranquillement, à Meïr et à moi, qu'elle ne fera pas le sien. Elle rencontrera l'officier de santé psychique, sera exemptée, et fera un voyage. Je suis étonnée que Meïr accepte cela, et quand j'exige qu'il en discute avec elle, il répond : « Laisse-la tranquille. » Il dit : « Cette enfant a besoin de distance. Elle va voyager, ça la guérira. »

Guérira ? Guérira de quoi ?

« Laisse-la tranquille, Yoëlla », dit Meïr, et sa voix est de nouveau dure. Puis, plus doucement cette fois, il ajoute : « Yoli, laisse-la tranquille. »

Après la mort de Meïr, la période de la semaine de deuil, puis celle des trente jours, la veille de son départ, nous nous sommes mises toutes deux à table. Pendant des années elle avait voulu que l'on mange ensemble, que Meïr mange avec nous aussi, elle voulait un repas familial le vendredi soir, et nous essayions, nous prenions place à table, mais nous ne savions pas comment dessiner le volume, peut-être que trois personnes, c'est trop peu pour constituer une famille. Meïr allumait la télé en fond sonore. « Il y a *Le Studio du vendredi.* » Mais il ne montrait pas d'intérêt pour les infos, nous mangions vite, nous nous exclamions en nous levant, continuant à parler tandis que l'on se dispersait. Dans les petites familles, il suffit qu'un seul se taise pour tout gâcher.

Je nous avais préparé une omelette et une salade. Une théière de tisane. Du pain grillé, comme elle l'aimait. Meïr était notre défunt depuis cinq semaines, trente-cinq jours s'étaient écoulés depuis les obsèques, les jours qui avaient semblé figés dans un entre-deux s'écoulaient de nouveau. Meïr était mort. Léa l'avait parfaitement compris, peut-être plus vite que moi. Il ne restait plus que nous deux.

Elle était très peu sortie de la maison durant ces semaines. Elle avait rendu visite à ma mère deux ou trois fois, avait déjeuné avec Yohaï, et était allée en ville une fois pour des démarches. Quand j'entrais dans sa chambre, j'espérais voir qu'elle avait rangé quelque chose dans l'armoire, n'importe quoi, mais elle laissait tout posé sur la chaise. Sur la valise. Par terre. Et elle retournait à sa lecture. Il y avait toujours un livre ou deux sur le lit, ou à côté d'elle.

Je lui avais demandé si elle voulait encore de la tisane, et s'il y avait suffisamment de sucre. Elle avait souri doucement. Elle était douce avec moi. Elle parlait le moins possible ces jours-là. Plus tard, j'ai pensé qu'elle m'avait protégée.

Je lui avais dit : « Je suis tellement désolée. »

Elle m'avait lancé un regard.

« Je ne savais pas comment, avais-je dit. Je ne savais pas comment t'aider. »

Elle m'avait regardée encore un moment avant de porter de nouveau la tasse à ses lèvres et je m'étais dit : « Elle comprend de quoi je parle, elle comprend. »

« Tu as fait ta valise ? Tu veux que je t'aide à la faire ?

— Ça va. Merci. »

Elle a toujours été une fille délicate.

« Ça va, maman. »

Tôt le lendemain matin, je l'avais accompagnée en voiture à l'aéroport. Quand je la revis, elle avait déjà vingt-huit ans et je me tenais de l'autre côté de la vitre, de l'autre côté de la rue, chez elle, à Groningue.

56.

Nous sommes assis dans la voiture, Meïr au volant, moi à côté de lui, et notre fille pleine de vie à l'arrière. Je tourne le bouton de la radio et m'arrête sur une station où passe une chanson rythmée qui se propage parmi nous, nous la fredonnons joyeusement et nous trompons ensemble sur les paroles. Je pose ma main avec affection sur la cuisse de Meïr et souris à Léa, dont j'aperçois le reflet dans le miroir de courtoisie. La bouche de ma fille ne disparaît pas dans son visage, et en réalité, je ne peux pas imaginer une chose qui abîmerait sa beauté.

« Écoutez cette blague », dit Léa.

Elle a dix ans, et ces derniers temps elle est devenue une adepte de blagues.

« Deux chasseurs marchent dans la forêt, et soudain, l'un d'eux tombe. *Boum*, *vlan*, il est par terre. Le deuxième chasseur appelle aussitôt les secours avec son portable : "Au secours ! Mon ami s'est effondré et il est mort ! Que faire ?" La standardiste lui répond : "Calmez-vous, respirez profondément, je peux vous aider. Premièrement, il faut s'assurer qu'il est bien mort." Il y a un petit silence, puis on entend un coup de feu. Le chasseur reprend le téléphone et dit : "OK, et maintenant ?" »

Meïr et moi rions.

Ça nous fait terriblement rire.

Notre fille, à l'arrière, est heureuse.

Je vois tous les curieux moyens par lesquels les mères préparent leurs filles à la vie, et il y a toujours du malheur. Ma mère ne racontait rien, ne posait pas de questions, n'expliquait rien, mais elle agissait, elle ne laissait rien au hasard et moi non plus.

Je me souviens avoir trouvé ma mère dans mon lit en plein jour. Je rentrais à la maison et elle était là, elle dormait après une garde nocturne. Je me souviens d'une fois où elle est entrée dans mon lit après que je me suis endormie, et lorsque je me suis réveillée, elle a dit : « Chut, chut, dors. »

Je me souviens de cela et cela a eu lieu, pourtant j'aimerais qu'il y ait quelqu'un d'autre à qui je pourrais poser la question, pour m'ôter tout doute.

Je me souviens de tout ce que j'ai raconté sur Léa. Je sais quelle était mon intention. Ça aussi c'est important, comprendre ce qui a été, et réussir à expliquer, à décrire les choses en elles-mêmes, sans le travail qui est toujours effectué sur la mémoire. Mais les choses auxquelles je n'ai pas accès me préoccupent, elles dérobent peut-être la terre sous mon récit ; ce qui m'a échappé, les milliers de jours qui se sont évaporés dans ma tête sans autorisation, toute la matière grise. Car il y a bien eu une continuité du temps, jour après jour, nuit après nuit. Il y a eu des milliers de réveils. Les démarches. Les repas. Les courses. Il y a eu des milliers d'heures de parole. Pourtant, ce n'est que rarement que quelque chose brille, se détache du reste, se campe devant moi et s'affine.

Après la mort de mon père, j'ai eu mal pour lui car j'ai pensé qu'il n'avait jamais pris sa place. Il avait l'habitude de dormir sur le dos, les bras le long du corps, et était surpris chaque fois que je lui demandais son avis. Il disait : « C'est pas la peine, c'est pas la peine. J'ai déjà bu, je n'ai pas faim. » Il disait toujours : « Viens, assieds-toi à ma place. » Je savais bien sûr qu'il était mathématicien, mais j'ignorais ce qu'il faisait exactement pendant toutes ces années dans son bureau de l'université, et ce n'est qu'après sa mort que je réalisai combien c'était étrange qu'il n'ait pas eu d'étudiants, ou une obligation quelconque d'enseigner. Je questionnai ma mère qui me répondit que ça n'avait pas marché, on l'avait laissé tranquille. Et ce n'était qu'à ce moment-là qu'il m'était venu à l'esprit que je devais avoir de la peine pour elle aussi. Je veux dire : être aimée par quelqu'un comme lui, vraiment ?

Elle était seule.

Nous n'avions pas eu énormément de visites de condoléances, mais ma mère avait été très émue par les médecins qui étaient venus, elle se tenait plus droite sur le canapé. Ses camarades de travail, les infirmières du service de médecine générale, s'étaient toutes mobilisées. Elles s'occupaient de la bouilloire, de servir à manger aux visiteurs, de fournir des sièges. Tous les voisins étaient venus. Mes camarades de classe aussi, avec la prof principale, c'était étrange de les voir en dehors de l'école, sur notre canapé, dans notre maison, comme si quelque chose qu'ils prenaient soin de cacher était maintenant révélé, et que j'étais obligée de regarder. J'étais dans le brouillard, coincée entre deux mondes, comme une somnambule se réveillant soudain au milieu d'une fête.

L'amie médecin de ma mère était venue nous voir aussitôt après les obsèques. J'étais assise dans ma chambre avec quelques filles de ma classe, elle était entrée, et avait expliqué le lien profond qui l'unissait à nous. « Je connais cette mignonnette depuis qu'elle est née », avait-elle dit à tous ceux qui étaient présents dans ma chambre, et le lendemain matin, elle était revenue pour aider à ranger l'appartement avant les visites de condoléances. Elle avait déballé des pâtisseries, avait disposé les chaises et les plateaux. « La seule chose que vous avez à faire, c'est de rester assises », nous avait-elle dit, à ma mère et à moi. Elle n'avait pas d'enfants, mais elle avait un lapin. Un mois après la mort de mon père, elle avait demandé si j'accepterais de le nourrir pendant qu'elle passerait la semaine de la Pâque à l'étranger. Seulement deux fois par jour, avait-elle dit, et elle avait ajouté qu'il faudrait que je le sorte chaque fois de sa cage pour qu'il se promène une petite heure dans la maison. Elle avait une télévision toute neuve et un magnétoscope dont elle allait m'expliquer le fonctionnement, je pourrais m'installer chez elle et prendre du bon temps. « Qu'en penses-tu, Esther ? avait-elle questionné ma mère. Il n'y a pas cours, la petite aura une occupation. » Puis elle s'était de nouveau adressée à moi : « Tu vas avoir une maison pour toi, tu pourras fouiller dans les armoires », et elle avait ri aux éclats.

Pendant une semaine, j'étais allée chez elle matin et soir. Je remplissais la gamelle du lapin, le libérais de sa cage et l'entraînais à sauter sur le canapé et à s'asseoir sur mes genoux. Avec l'argent que j'allais gagner, j'avais l'intention de m'acheter de longues boucles d'oreilles en or que j'avais vues dans un magasin en ville. L'amie médecin revint de l'étranger avec son rire bruyant et un énorme chocolat somptueusement enrubanné pour moi. Elle dit : « C'est un cadeau, pour te remercier. Merci beaucoup, ma mignonne. Tu t'es plu chez moi ? Tu as eu un peu la paix, du côté de ta mère ? » Il m'avait fallu un moment encore avant de comprendre qu'elle ne me paierait pas. « Tu es une bonne fille, avait-elle dit, la bonne petite fille d'une femme bonne. »

Une fois à la maison, j'avais montré à ma mère le chocolat somptueux. Je me souviens qu'elle avait aussitôt dit, sans hésiter : « C'est adorable de sa part. »

Je lis l'histoire d'Elaine et de Cordelia des années avant Léa et décide de ne pas les oublier. Ce n'est que récemment que je me suis échappée de mon adolescence, j'ai eu des problèmes, je les ai surmontés, et maintenant, l'histoire d'Elaine parvient à me raconter quelque chose de moi. Ce qui s'est vraiment passé. Je décide que je me souviendrai toujours d'Elaine et de Cordelia, et que je saurai de quoi je dois me méfier. Mais je ne pense pas à la fille que j'aurai, ça ne me vient peut-être même pas à l'idée de désirer cela, j'ai peut-être déjà dit à Untel ou un autre : « Tout le monde n'est pas obligé d'avoir des enfants, je n'ai aucunement l'intention de mettre des enfants au monde. »

En route vers la ville, Elaine et Cordelia *montent dans un tramway*. L'écrivaine ne décrit pas les sourires de Cordelia, ni ce qu'elle sait obtenir grâce à eux, apparemment les sourires ne sont pas encore devenus des armes dans sa vie, mais elle parle de son regard – Cordelia *peut troubler tout le monde d'un seul regard*, et Elaine est *presque aussi bonne* en cela *qu'elle*. Elles ont treize ans, et avec les années, je pense, il semblera à Elaine qu'elles en savaient peu sur l'amour, alors qu'elles en savaient beaucoup, et comment. *Nos bouches sont agressives, brillantes comme des ongles*, se souvient-elle. *Nous pensons que nous sommes amies*.

Le lendemain du jour où je l'ai vu à la station-service, je suis rentrée à la maison plus tôt que d'habitude. J'étais allée au studio malgré une migraine mais j'avais tenu une heure, je voulais me reposer à la maison. Le téléphone avait sonné dans le salon, le fixe, j'avais presque oublié que c'était possible. Qui téléphone de nos jours sur un fixe ? La sonnerie résonnait dans mes oreilles. Conquérante. Destructrice.

« Allô ? »

Mais j'ai tout de suite su que c'était lui. Bien sûr que j'ai su. Et il a dit : « Elle a menti. » Il a dit que ma fille avait menti et que je savais que c'était une menteuse et qu'il l'avait suppliée de se rétracter et qu'elle lui avait répondu : « Ma mère me l'interdit. » Il m'a dit que ma fille et sa copine avaient bousillé sa vie. « Votre fille et son amie », c'est comme ça qu'il a dit. Elles avaient bousillé sa vie. Et il a dit qu'il n'y avait qu'une seule chose qui lui faisait plaisir, vraiment, seulement ça, c'était qu'il n'aurait plus besoin de voir aucune de nous de toute sa vie.

57.

« Léa a téléphoné, dis-je à Art. Elle arrivera en Israël dans deux jours avec ses filles. Je vais les voir. »

Art sait – et l'expression de son visage le dit clairement – que je suis au courant de la nouvelle depuis plusieurs jours ; j'aurais dû le lui dire tout de suite, pourquoi ne l'ai-je pas fait ? Mais il ne pose pas de questions, ce n'est pas la peine.

Il demande : « Tu vas bien ? »

Je suis terrifiée, mais je désire aussi cela plus que tout.

« Ça va aller, oui. »

J'explique au docteur Schönfler que la maladie attire toujours le malade, elle agit avec lui, c'est une collaboration.

Il semble intéressé. « Dites-m'en un peu plus.

— Pensez à un rocher dans lequel une bombe a fait un trou énorme.

— Oui.

— Pensez à un bocal que vous essayez d'ouvrir. La force ne suffit pas, la précision est tout aussi importante. Mais si vous l'avez ouvert une fois, les fois suivantes c'est plus facile.

— Je comprends. »

À partir du moment où la fenêtre de la maladie est ouverte, on ne peut plus la refermer. Pas complètement. Et on apprend à masquer cela, c'est le travail principal de la maladie. Cette fenêtre ne s'ouvrira pas forcément de nouveau, mais la possibilité sera toujours là. La possibilité est une maladie en elle-même. À partir de là, vous vérifiez toujours. Vous vous approchez de la fenêtre, posez la main sur les joints. Vous cherchez un indice de courant d'air. Vous n'êtes pas malade, mais vous attendez la maladie. Il est possible que dans votre vie, plus rien de tel ou de semblable ne se produise jamais, pourtant ça continue d'avoir lieu en permanence. C'est une vie au bord. L'âme s'est compromise, et même si vous l'avez libérée, si vous avez tout libéré, rien ne vous libérera de l'attente.

L'appartement est toujours propre et rangé mais maintenant, je le regarde d'un autre œil, comme je le regardais autrefois, quand ma mère venait nous rendre visite et que je savais qu'aucun détail ne lui échapperait, et du coup moi aussi je le voyais. C'est une erreur, car je dois aller dans une strate beaucoup plus lointaine, ouvrir les yeux sur la petite fille que j'ai été. Qu'est-ce que mes petites-filles pourront voir lorsqu'elles seront là ? Que savent-elles de moi, que pensent-elles, qu'est-ce que leur mère leur a raconté ? Elles connaissent un peu d'hébreu et d'anglais. Elles parlent néerlandais. Mais elles sont deux, ça facilitera les choses. Elles se souviendront l'une pour l'autre. Dans des années, elles pourront se poser la question mutuellement : « Tu t'en souviens ? C'est bien arrivé ? » Elles uniront leurs forces pour résoudre les contradictions.

Je veux que mes petites-filles sentent la maison toute légère lorsqu'elles seront là. Je change les draps dans la chambre à coucher, et dans la salle de bain je change les têtes de nos brosses à dents électriques à Art et moi, ainsi que les serviettes. Dans le tiroir du meuble de la salle de bain, il y a ma brosse à cheveux à la poignée de nacre lourde et aux picots en métal, une brosse pas innocente et sale qui m'inquiète beaucoup, maintenant que je la regarde. Quand j'étais petite, il est arrivé que je trouve chez nous des ongles coupés, ou du linge sale sur le sol de la salle de bain, ou bien que l'on me retrouve debout devant les médicaments dans l'armoire à pharmacie. La confrontation avec les cheveux de votre grand-mère entortillés dans des picots en métal peut faire du mal, comme toute chose qui témoigne d'un défaut corporel, du vieillissement et de la maladie. Je nettoie soigneusement la brosse et la remets dans le tiroir, mais au bout d'un moment je la sors de là et la pose complètement ailleurs, hors de portée de main de quiconque à part moi. Puis je m'assieds dans le salon, et j'attends que la maison sombre autour de moi. J'entends un chien aboyer et un appareil d'air conditionné ronronner. J'entends un aspirateur. De l'eau qui goutte. Des ampoules qui grésillent. Mais où ? Les nuits où Art dort ici, je parviens à identifier l'origine des sons. Par la fenêtre, j'entends un père qui dit à sa fille dans la rue : « Explique-moi pourquoi tu pleures ? Pourquoi ? Pourquoi tu pleures ? » Il ne lui laisse pas le temps de répondre. N'importe quelle conversation de gens passant par hasard près de chez moi contient plus d'informations que je ne pourrais en absorber. Malgré la chaleur, je me lève et ferme la fenêtre.

Remerciements

À T., de Groningue dans la réalité, qui s'est promenée avec moi dans mon Groningue imaginaire.

À Tami, Lilou et Rouha, mes trois premières lectrices, une équipe de rêve.

À Yigal, mon merveilleux professeur, mon ami proche, un phénomène.

À ma mère et mon père, pour tout, sans savoir par où commencer.

À Gilad, mon « nouveau » depuis vingt-trois ans déjà, beau gosse et gentleman, élu de mon cœur et champion de mon adolescence, au milieu de ma vie.

Sources

Des citations tirées des différents ouvrages ci-dessous sont présentes, en italique, au fil du roman :

Pages 45-46, 51 et 330-331 : Margaret Atwood, *Œil-de-chat*, traduit de l'anglais par Hélène Fillon, Robert Laffont, 2011.

Page 11 : Anne Enright, *Retrouvailles*, traduit de l'anglais par Isabelle Reinharez, Actes Sud, 2009.

Page 15 : Anne-Sophie Brasme, *Respire*, Fayard, 2014.

Page 124 : Roddy Doyle, *La femme qui se cognait dans les portes*, traduit de l'anglais par Isabelle Delord-Philippe, Robert Laffont, 1997 ; Robert Laffont, collection « Pavillons Poche », 2019.

Page 142-143 : Jeanette Winterson, *Pourquoi être heureux quand on peut être normal ?*, traduit de l'anglais par Céline Leroy, Éditions de l'Olivier, 2004.

Pages 144-146, 151 : Alice Munro, *Fugitives*, traduit de l'anglais (Canada) par Jacqueline Huet et Jean-Pierre Carasso,

Éditions de l'Olivier, 2008. Par ailleurs, pages 155, 163, 258 et 285, les pensées et les paroles de la narratrice sont mêlées à des échos d'une citation de *Fugitives*.

Page 275 : Alice Munro, *Trop de bonheur*, traduit de l'anglais (Canada) par Jacqueline Huet et Jean-Pierre Carasso, Éditions de l'Olivier, 2013.

Page 37 : Susan Sontag, *Sur la photographie*, traduit de l'anglais (États-Unis) par Philippe Blanchard, Christian Bourgois, 1993 ; Christian Bourgois, collection « Titres », 2021.

Page 53 : Elizabeth Strout, *Je m'appelle Lucy Barton*, traduit de l'anglais (États-Unis) par Pierre Brévignon, Fayard, 2017.

Page 162 : Heinz Frederick Peters, *Ma sœur, mon épouse. Biographie de Lou-Andreas Salomé*, traduit de l'anglais (États-Unis) par Léo Lack, Gallimard, 1967.

Page 237 : Phyllis Chelser, *Les Femmes et la Folie* (traduction non précisée), Payot, 1975.

En outre, dans le dialogue pages 107-108, on retrouve également une citation et une paraphrase de Erich Kästner, *Petit Point et ses amis*, traduit de l'allemand par Simon Hugh, Bourrelier et Cie, 1936, rééd. Le Livre de poche Jeunesse, n° 5, 2010.

Composition réalisée
par Rosa Beaumont

Ce livre existe grâce au travail de toute une équipe.

Communication : Caroline Babulle, Sandrine Perrier-Replein, Sabrina Bendali, Inès Paulin, Adélaïde Yvert.

Coordination administrative : Martine Rivierre.

Studio : Pascaline Bressan, Barbara Cassouto-Lhenry, Joël Renaudat.

Fabrication : Muriel Le Ménez, Céline Ducournau, Bernadette Cristini, Sophia Paroussoglou, Isabelle Goulhot.

Commercial, relation libraires et marketing : Catherine Lauprêtre, Perrine Therond, Ombeline Ermeneux, Élise Iwasinta, Morgane Rissel, Arthur Rossi, Aurélie Scart.

Cessions de droits : Elisabeth Stempak, Benita Edzard, Lucile Besse, Sonia Guerreiro, Costanza Corri.

Gestion : Sophie Veisseyre, Chloé Hocquet, Isabelle Déxès, Camille Douin.

Services auteurs : Viviane Ouadenni, Jean-François Rechtman, Catherine Reimbold.

Ressources humaines : Mylène Bourreau.

Juridique : Laëtitia Doré, Anaïs Rebouh, Valérie Robe, Lucie Bergeras, Julia Crosnier.

Avec le soutien des équipes d'Interforum et d'Editis qui participent à la création, la diffusion et la distribution de ce livre.

Canoros Vehit Canentes

CET OUVRAGE
A ÉTÉ ACHEVÉ D'IMPRIMER
SUR ROTO-PAGE
PAR L'IMPRIMERIE FLOCH
À MAYENNE EN MAI 2023

N° d'édition : 65709/01- N° d'impression : 102654
Imprimé en France